Endrina y el secreto del peregrino

cuatrovientos

Endrina y el secreto del peregrino

CONCHA LÓPEZ NARVÁEZ

Claudia Fernández

2º C

Planetalector

Consulta el
MATERIAL DIDÁCTICO
de esta edición en
www.planetalector.com

Editado por Editorial Planeta, S. A.

Avda. Diagonal, 662-664, 08034 Barcelona

Ilustración de cubierta: Marc Torrent
Diseño de colección: Mot Studio
Diseño de cubierta: Arjen Mol

Octava edición. Primera en esta colección: mayo de 2010
Séptima impresión: junio de 2019
ISBN: 978-84-08-09103-5
Fotocomposición: Zero preimpresión, S. L.
Depósito legal: M. 10.408-2010
Impreso en España – Printed in Spain

FICHA BIBLIOGRÁFICA

LÓPEZ NARVÁEZ, Concha
Endrina y el secreto del peregrino, Concha López Narváez – 7ª imp. en esta colección – Barcelona: Planetalector, 2019
Encuadernación: rústica ; 296 págs. ; 13 × 19,5 cm – (Cuatrovientos. A partir de 12 años)
ISBN: 978-84-08-09103-5
087.5: Literatura infantil y juvenil
821.134.2-3: Literatura española
Tratamiento: aventura. Tema: historia y culturas

A mi padre

Nota del editor: todas las palabras marcadas con asterisco a lo largo del texto se encuentran recogidas en el glosario final.

Mapa del Camino de Santiago

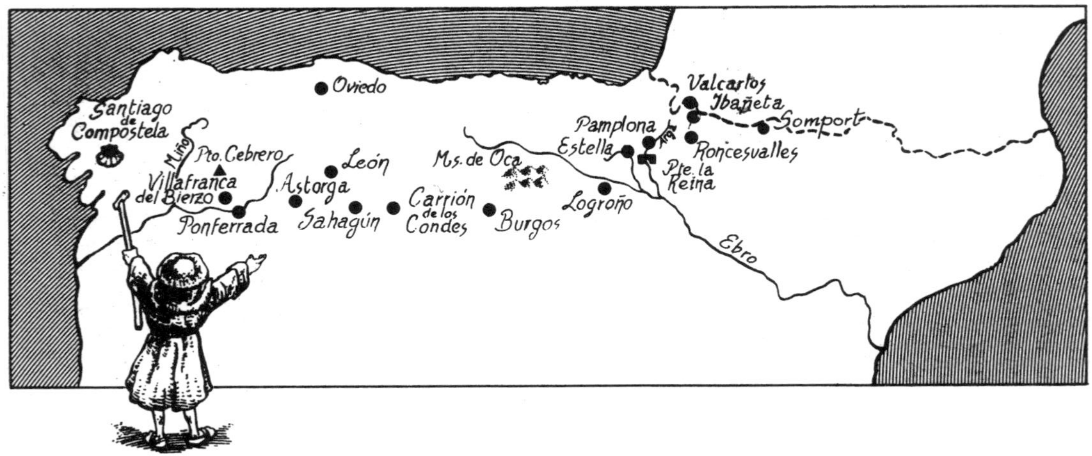

INTRODUCCIÓN

Durante el siglo XII, *las peregrinaciones a Compostela se hallaban en uno de sus momentos de mayor auge. Miles y miles de peregrinos cruzaban anualmente los Pirineos, desde los más lejanos y diversos países, para llegar hasta el sepulcro del apóstol Santiago, en Galicia.*

Eran gentes muy distintas que se sentían hermanadas por una fe inquebrantable, la cual les permitía soportar peligros y penalidades sin cuento.

La ruta que iba a Compostela era un camino de fe y de aventuras; pero también era un camino en el que se intercambiaban costumbres e ideas y se enriquecían conocimientos. En la ruta de Compostela se inició la unidad de Europa. A causa de la gran afluencia de peregrinos se fundaron hospitales y monasterios, se alzaron iglesias y hospederías, se construyeron puentes y calzadas...

Pero, sobre todo, se unificó y difundió la cultura: el románico llegó a España, desde las tierras de Francia, de la mano de los monjes de Cluny, que se establecieron a lo largo de la ruta jacobea. Y por esta misma ruta llegó a Europa gran parte de la obra de los antiguos autores griegos, recopilada por los árabes y vertida luego al latín en la Escuela de Traductores de Toledo.

En Endrina y el secreto del peregrino, *la narración se desarrolla en el siglo* XII *y en dicho Camino de Santiago; por eso el lector va a encontrarse con bandoleros y salteadores, con falsos peregrinos, con ríos peligrosos, tempestades de agua y nieve... También va a oír música y cantos de juglares y trovadores y va a presenciar alegres fiestas en plazas y mercados. Pero además va a detenerse en iglesias y monasterios, en hospederías y catedrales. Todo ello de la mano de Endrina y Henri, y envolviendo una amistad y un misterio, porque, en la Edad Media, el Camino de Santiago era siempre peligro y dificultades, cánticos y música, cultura y aprendizaje; y muchas veces, era también amistad, misterio y aventura.*

1. VOCES EN LA NIEBLA

—¡Adelante, *Juan sin cuitas,* atácalos! —gritaba Endrina, oculta apenas entre helechos y rocas.

Pero el perro saltaba y ladraba alegremente, sin entender el juego de su dueña.

Endrina tenía catorce años bien cumplidos y la niñez ya empezaba a marchar de su cuerpo; pero como el tiempo era demasiado largo en las empinadas laderas de los montes de Cisa, mientras cuidaba de sus vacas acortaba las horas entretejiendo emocionantes y solitarios juegos.

Alguna vez se había convertido en el Cid Campeador; otras, en el muy noble conde Fernán González, o en Sancho Abarca, bravo rey de Navarra... Eran esas historias que tenía más que oídas en cantos de juglares.

Aquella tarde de la Pascua de Resurrección

el juego también era de lucha: navarros ocultos entre rocas, dispuestos para caer sobre las tropas que cubrían la retirada del emperador francés Carlomagno.

Pero *Juan sin cuitas* seguía sin comprender que debía dejar sus ladridos y saltos para convertirse en un grupo de valientes navarros. Por ello, Endrina hubo de jugar sola y ser, primero, un puñado de navarros lanzados al ataque, y después, tropas de franceses vencidos.

De pronto, un sonido lejano llegó para romper el juego, y únicamente entonces advirtió qué bajo estaba el sol y cómo otros pastores tenían ya recogidos los rebaños. ¡Debería estar en casa!

Desde las altas cimas la niebla descendía, rompiéndose en jirones entre ramas de hayas.

—Aprisa, *Juan sin cuitas,* junta pronto las vacas.

Era aquélla la hora de ladrones y lobos, y aún había de marchar una legua cumplida. La madre ya tendría la cena aderezada y empezaría a inquietarse...

—Aprisa, *Juan sin cuitas*...

Y de pronto volvió a oír aquel sonido extraño, que ahora le parecía una llamada o un grito. ¿Quién podría llamar a aquellas horas? ¿Un pastor rezagado...?

—¡Por favor, hermanos, por Saint Jacques! —creyó oír.

¿Peregrinos todavía en el monte? No parecía posible; como todos los días, habían subido las laderas de los puertos de Cisa en grupos numerosos, y Endrina escuchó sus cantos y les mostró, igual que otros pastores, las fuentes de agua dulce y los atajos más cortos y sencillos; pero hacía largo tiempo que los más retrasados se perdieron por los valles arriba.

—¡Ayuda, por la Virgen Gloriosa! —oyó nuevamente.

Y ya no tuvo dudas: peregrinos eran y estaban en apuros, y pronto se hallarían en mayores aprietos con la niebla espesando y el sol enrojeciendo.

—¡Aprisa, *Juan sin cuitas*, llévate en derechura las vacas hacia casa!

Endrina se lanzó con carrera de ciervo por la ladera abajo, sin detener su mente pensando con quién ni en qué peligros se podría encontrar. Corriendo, tocaba el cuerno de vaca que todos los pastores tenían siempre al alcance de la mano. Así, advirtiendo que acudía con prisas, creía dar algún alivio a aquellos que le pedían ayuda.

Descendía delante de la niebla. Sus pies tenían alas, y las voces ya sonaban próximas; eran voces francesas, Endrina podía distinguirlas y entenderlas. No en vano había pasado los catorce años que tenía de vida en los valles que llamaban de Carlos en los montes de Cisa.

La tarde, arropada de brumas, se acercaba a la noche, y en la cima del cercano puerto de Ibañeta comenzaron a tañer las campanas del monasterio de San Salvador. Servían de orientación y guía a los romeros* perdidos que vagaban sin rumbo en las noches de niebla o tempestad. Los pastores decían en susurros medrosos que la primera campanada no solía tocarla ningún monje, sino un peregrino, muerto hacía ya muchos años, que dejaba el sepulcro para prestar ayuda a sus compañeros extraviados.

Pero a Endrina aquellos dichos no le daban temores; su única inquietud era hallar prontamente a los que iba buscando. Las voces la guiaban:

—¡Aquí, aquí, hermanos; a orillas del camino!

Un recodo, después otro recodo..., matorrales y rocas, y al fin una pradera, casi limpia de nieblas, con hierbas y con ramas aún doradas de sol. De pie sobre un otero divisó la figura de un hombre, alto y grande, que parecía ser joven. A sus pies, reclinado entre peñas, yacía otro hombre que semejaba tener el cuerpo de anciano: su barba y sus cabellos ya blanqueaban. ¿Estaría malherido? Pero ¿por qué el otro no lo tomaba sobre sus anchos hombros...? De pronto pensó en una celada*, pues había oído hablar de falsos peregrinos que no eran sino ruines bandoleros. Poco a poco fue midiendo sus pasos..., pero el joven descendió con torpeza del otero y comenzó a marchar hacia adelante. Endrina advirtió que dejaba caer todo el peso del cuerpo sobre una sola pierna y que el bordón* le servía de necesario apoyo... ¿Estaría él también lastimado, o no era más que una artimaña?

—Espérame y no temas, hermana; te lo pido en nombre del Señor —suplicó el joven romero con la voz angustiada.

Endrina lo observó; a pesar de su gran estatura, no era mucho mayor que ella; aún no tenía la barba bien poblada. Su espesa cabellera era de color rojo, como el sol que caía. «Parece un enorme oso bermejo», pensó.

—Muchacha, ¿vienes sola o te sigue alguna compañía? —añadió el peregrino.

Endrina no entendió qué intención tenía su pregunta; nuevamente dudaba y se preparaba para huir.

—Vengo sola —respondió, con los pies ya dispuestos.

—¡Por San Martín que no es hoy nuestro día

de suerte! ¿De qué puede servirnos quien no tiene más sombra que la de un ratón de campo?

Los temores de Endrina se tornaron en furia, y su cuerpo menudo se irguió igual que el de una comadreja ofendida por un animal más grande.

—Y tú, torpísimo oso rojo, que estás ahí parado lo mismo que una roca, ¿cómo puedes hablarme de tal forma? ¿Olvidas que he venido en tu ayuda en medio de la niebla?

—¡Y qué ayuda! —exclamó con risa amarga el joven oso rojo.

La ira de Endrina se agrandaba; pero vinieron a acortarla las palabras del anciano que yacía a orillas del camino.

—Calla ya, mi buen Henri, que sobrada razón tiene esta moza, pues se ha puesto en peligros acudiendo a ayudarnos.

Endrina advirtió que parecían ser, más que los años, los muchos trabajos y el cansancio los que habían debilitado su cuerpo y encanecido sus cabellos y barba.

—Y tú, mi buena amiga, discúlpalo —prosiguió el peregrino— y entiende que las torpes palabras que has oído se las puso en la boca la inquietud de su espíritu. Durante muchas horas cargó con mi cansado cuerpo monte arriba. Poco a poco nos fuimos quedando a la zaga de aquellos romeros con los que antes marchábamos. Después quiso la mala suerte que él mismo se torciera el pie diestro, de forma que apenas si puede sostenerse... Pidiendo ayuda, oímos los ecos de tu cuerno. Nos parecieron repiques de campanas. Luego llegaste tú... Pero aunque no tengas la fuerza suficiente para tomar mi cuerpo sobre el tuyo, has venido a traernos el alivio de tu gran caridad. Saint Jacques te lo tendrá presente. Y ahora, vuélvete a toda prisa; piensa que la niebla cubrirá las estrellas que puedan guiarte.

Endrina miró al peregrino y movió, negando, la cabeza.

—Oíd, hermano: en estos montes hay peligros ciertos de bandoleros y lobos... Las noches aún son frías... De aquí hemos de salir los tres al mismo tiempo, dándonos mucha prisa.

—Pero ¿no ves, moza boba, este pie lastimado que no me sirve sino de mala compañía? —exclamó, con malhumor y mayor impaciencia, el joven peregrino.

—¿Es tu fuerza tan grande como parece ser o eres lo mismo que esos árboles de tronco recio y alto que, sin embargo, están secos por dentro y a cualquier viento de marzo van a dar con sus ramas al suelo? —preguntó Endrina midiéndole el cuerpo con los ojos.

El joven peregrino se revolvió igual que se revuelve un fiero animal acosado.

—Hace apenas dos meses hice doblar la testuz a un toro de más de cuatro años, y meses atrás doblegué sin ayuda a un potro que era un viento de furia... Dame cuatro carneros, y en el tiempo de cuatro *Pater Noster* tendrás cuatro corderos... Pero tú pareces no tener la mente muy entera —añadió, mostrando una vez más su pie torcido.

Endrina, sin dar razón alguna, se bajó hasta la tierra y comenzó a trepar por la ladera arriba, sobre brazos y piernas, como suelen hacer los animales que tienen cuatro patas. Viéndola de esta forma, los peregrinos no salían de su asombro sin saber si era necia o si quería hacerles burla.

Ella se volvió hacia aquel Henri, que la seguía mirando con su gran boca abierta.

—Aprisa, toro de cuatro años, caballo enfurecido, toma sobre tus lomos a quien antes fuera carga ligera en tus espaldas, y marcha monte arriba de esta guisa. No hallo otra manera de salir del aprieto. Yo iré por delante, pues conozco el camino, que es estrecho y orillado de quebradas muy hondas.

Luego aquel gran oso rojo subió como manso animal de carga por abruptos senderos. Su pie herido debía ponerlo en gran apuro; sin embargo, no profería queja alguna. El anciano también parecía muy cansado. A pesar de la niebla y la noche cercana, les fue necesario tomar algún descanso.

Se sentaron al borde del camino, en un prado suave que se abría entre despeñaderos.

—Es un lugar hermoso —suspiró el anciano peregrino extendiendo la vista en derredor.

—Pues cuando tengáis vuestras fuerzas enteras, Endrina ha de enseñaros lugares todavía más hermosos.

—Así pues, hija mía, entiendo que tu nombre es Endrina.

—En el bautismo me llamaron Gadea; pero mi padre, que es gran aficionado a ir mudando nombres, me dio luego el de Endrina por ser mi cuerpo menudo y tener el pelo de color azulnegro, lo mismo que el fruto del endrino. Y vos, señor, ¿cómo os llamáis?, y ¿de dónde venís?, si puedo preguntároslo.

—Mi nombre es Guillaume de Gaurin, y no soy otra cosa que un gran pecador que busca el perdón de sus errores. Por hallarlo hice peregrinaje, primero a la ciudad de Roma, después marché a Jerusalén y ahora camino a Compostela. Y este que ves aquí —añadió, observando una muda pregunta en los ojos de Endrina— se llama Henri Bernat y es mi amigo, un hijo casi, mucho más que un criado.

—Pues aunque sea su nombre Henri Bernat, yo ya se lo he mudado y en adelante lo llamaré oso bermejo, del mismo modo que él dio en llamarme ratón de campo.

El anciano rió de buena gana, y Endrina se alegró escuchando su risa; pero cuando el ofendido oso bermejo inició una protesta, Endrina, con ojos alarmados, puso un dedo en sus labios: un rumor de voces aún lejanas quebraba el silencio de los montes. No podían ser pastores, con niebla tan espesa y la noche ya próxima, de ello tenía certeza.

—Aprisa, don Guillaume, y tú también aprisa, oso bermejo. Busquemos un refugio, pues temo que esas voces sean de ladrones.

2. LOS BANDOLEROS Y EL GRAN OSO BERMEJO

Se ocultaron entre helechos y rocas y esperaron amparados en la niebla. Endrina aguzaba el oído. Las voces se acercaban. Escuchando, aumentó su inquietud: ladrones eran, ciertamente.

Don Guillaume y Henri no podían entender, pues los dos bandoleros —dos parecían ser, ya que sólo se distinguían dos voces diferentes— hablaban en aquella lengua, tan extraña para ellos, que era la de navarros y vascos.

—No deben de estar lejos; allá arriba, en San Salvador, oí que dos peregrinos marchaban rezagados. El uno es hombre viejo y el otro apenas un muchacho —decía uno de los ladrones.

—Buen lugar y buena niebla son éstos para

tomarles todo cuanto lleven de grado o por fuerza —añadió el otro.

—Bandoleros son... Supieron de vosotros y andan en vuestra busca —susurró Endrina.

—¡Que Saint Jacques y Santa María de Rocamador nos protejan! —murmuró don Guillaume dando muestras de enorme sobresalto; cruzaba y descruzaba las manos sobre el pecho, como si de algo quisiera protegerse o se sintiera herido. Endrina se asombraba pensando que tenía los ánimos más pequeños que un niño..., ¿o quizá sufriera un mal antiguo que en aquella inquietud se le había agravado?

—Saint Jacques y Santa María os han de proteger ciertamente; pero también estos dos puños míos, que aunque tenga daño en el pie diestro, no lo tengo en los brazos —exclamó Henri Bernat apretando las manos.

«¡Qué fuerza tiene en ellas! Si los bandoleros creen salir fácilmente de este trance, se irán equivocados», pensó Endrina mirándolas.

Las voces se sentían muy próximas, y la inquietud de don Guillaume era ya completa desazón; palpaba alguna cosa sobre el pecho, introducía las manos en sus ropas; miraba ahora a Henri como si estuviera haciéndole preguntas, después a Endrina... Parecía estar envuelto en angustiosas dudas. Al fin se decidió y, abriéndose el hábito de peregrino, sacó una bolsa pequeña, de buen cuero, que llevaba colgando de un cordón que pendía de su cuello, y con manos temblorosas se la tendió a Endrina.

—¡Corre, corre, hija mía! Ocúltate y ocúltala, pues esto que te doy es de tan alto precio que no puede pagarse con la vida de un hombre. Y júrame que si mi fiel Henri y yo quedáramos sin vida, tú verías el modo de hacerla llegar hasta el arzobispo de Compostela.

Henri Bernat miraba a don Guillaume con ojos asombrados:

—Pero, señor, ¿cómo podéis tener en tanta confianza a quien casi no conocemos?

—¿Y no crees, mi buen Henri, que si los bandoleros nos llegan a encontrar nuestra preciada bolsa iría a caer en manos mucho más peligrosas? Además, le he dado a Endrina toda mi confianza, pues se ha puesto en muy grandes aprietos por venir a ayudarnos... Pero ahora, ¡corre, Endrina! Y no perdamos tiempo.

—¡Oh, no, señor! No puedo abandonaros; aunque veáis mi cuerpo tan pequeño, no son así mis fuerzas. Soy recia y ágil como gato de monte, y entre los tres podremos defendernos.

—¡Corre, corre, hija mía! Te lo pide un hombre ya cansado de andar por los caminos... Ahora mi único empeño es que llegue a buen fin aquello que me fue encomendado... ¡Cuida tú de esta bolsa...! En nombre del Señor Jesucristo, ¡corre, Endrina!

Había tanta emoción y tan gran ansiedad en la voz del anciano, que Endrina, ocultando la bolsa entre sus ropas, huyó por la espesura. A veces se escondía entre helechos y peñas, y a veces buscaba el amparo de las hayas. Al fin llegó hasta un pinar de árboles muy juntos. Subió, como una ardilla, a la copa de un pino y esperó, sintiendo el corazón golpear en su pecho. Desde allí podía ver sin ser vista. Divisaba el peñascal en el que se ocultaban Henri y don Guillaume y también divisaba a los dos bandoleros. ¡Por Santiago que ya estaban a unos pocos pasos! Endrina oraba en su interior: «¡Santa María Gloriosa, que espese más la niebla y no lleguen a verlos!». Pudo ser un falso movimiento, o quizá algún roce, o los ojos de lince de los ladrones, que parecían conocer aquellos valles, el hecho fue que bandoleros y peregrinos se hallaron frente a frente... Después siguió una lucha terrible. Aquel Henri Bernat peleaba igual que un oso enfurecido; a pesar de su pie lastimado, se revolvía, atacaba, y si caía, se alzaba con presteza... El bordón le servía de espada, los puños le servían de maza.

El corazón de Endrina le apretaba la garganta. ¡Por Dios, qué enorme era la fuerza de Henri! Si pudiera habría gritado para darle ánimos: «¡Adelante, oso bermejo!». Pero de pronto la suerte se le puso de espaldas, o quizá el perverso Satán, enemigo jurado de todo peregrino, le hiciera tropezar, y Henri cayó a tierra. Los dos bandoleros se le echaron encima. Y, entre brumas, Endrina divisó la hoja de un cuchillo, y también a don Guillaume que levantaba su bordón golpeando la mano que lo tenía empuñado. El ladrón se volvió sorprendido; no fue más que un instante, pero fue suficiente, porque Henri, viéndose prisionero de dos únicos brazos, se alzó como un caballo fogoso y con la misma fuerza de un toro de cuatro años arrojó contra las peñas a aquel que lo apresaba. Sin embargo, los bandoleros recobraron muy pronto lo perdido. La lucha proseguía. Eran dos hombres recios contra Henri; aunque don Guillaume procuraba prestarle apoyo, era tan grande su cansancio y sus fuerzas tan pequeñas que muy poco, o nada, conseguía.

Endrina se estaba consumiendo de impotencia. ¡Si pudiera ayudar de alguna forma!... Pero temía por la bolsa, que según le habían dicho tenía mayor precio que la vida de un hombre. De pronto se le vino a la mente la idea de tocar su cuerno de pastor; quizá los ladrones, oyéndolo, llegaran a creer que alguien acudía en ayuda de los dos peregrinos...

En el hondo silencio de los montes, únicamente roto con voces de pelea, se oyó de improviso un eco largo y grave que quebraba la niebla y se perdía en la tarde.

Por un momento se detuvo la lucha. Los ladrones cesaron en sus golpes y escucharon inquietos y confusos. Pero Henri cayó otra vez sobre ellos.

«Qué necio eres, Henri. ¿Por qué motivo no dejas que se escapen?», hubiera querido gritar Endrina...

«No debo seguir aquí en lo alto; ocultaré la bolsa en un nido de ardilla o de urracas y luego descenderé del pino —se dijo, sin poder contener su impaciencia—. Quizá, si hago crujir la maleza, crean los ladrones que se acerca un animal peligroso, o también puedo simular, oculta entre peñas, el aullido del lobo.»

Mientras pensaba ardides, seguía tocando su cuerno de pastor. Y de pronto la niebla pareció desgarrarse; la rompía el sonido de cuernos acercándose... Se podían distinguir dos llamadas muy largas y tras ellas dos llamadas muy breves. Endrina las conocía bien...

¡Por la Gloriosa, qué grandísimo gozo! Pedro de Tabladiello, su buen padre, y Dimio, su hermano, acudían en su ayuda... Viendo llegar a las vacas sin otra compañía que la de *Juan sin cuitas*, salieron con presteza a buscarla. ¡Por Santiago, en qué buena hora llegaban!

Los bandoleros corrían lo mismo que conejos por la ladera abajo y los dos peregrinos agradecían de rodillas a Sant Yago* y a la Virgen Gloriosa el buen fin de aquel trance.

Endrina bajó del árbol aún con mayor ligereza de la que había subido.

—Tomad, señor, aquí tenéis vuestra apreciada bolsa; vos mismo podéis llevarla ahora a Compostela —exclamó, dejándola en las manos, todavía temblorosas, del anciano peregrino.

—¿Has visto lo que había en su interior? —preguntó Henri.

—Me la dieron cerrada con dos nudos. Son los mismos que ves. No es Endrina la de Tabladiello de aquellos que andan indagando en las cosas de otros —respondió desdeñosa.

Henri Bernat se turbó de tal modo que todo su rostro tomó el color bermejo que tenía su pelo; por un momento inclinó la cabeza, y luego miró a Endrina; sus ojos imploraban disculpas. Y el enojo de Endrina se fue igual que vino, más ligero que el viento, y después exclamó, con la sonrisa abierta, que en todos los días de su vida no había presenciado pelea semejante, ni había conocido a ningún otro oso con mayor valentía ni con mayores fuerzas.

El hogar de Pedro de Tabladiello y su familia era una casa de piedra, pequeña y bien construida, que se alzaba en una de las laderas más altas de los montes de Cisa, a muy poca distancia del puerto de Ibañeta. Al frente contemplaba la parda soledad de montañas desnudas: roca y cielo únicamente; a la espalda tenía, sin embargo, un rosario de montes más suaves, arropados de prados, hayedos y pinares; a un lado y a otro, jalonando el camino, quebradas, valles en lo más hondo, y el rumor de las aguas rompiéndose entre peñas... A Endrina y a toda su familia les parecía un lugar muy hermoso.

Pedro de Tabladiello era un hombre que tenía el cuerpo fuerte y el espíritu alegre; la palabra siempre apuntando en sus labios y la mano tendida hacia aquel que lo necesitara; Oria, su esposa, también era mujer generosa y reidora. En cuanto a Dimio, el mayor de los hijos, sin embargo, era callado y serio y no había en sus labios ni risas ni palabras sino en casos contados.

En aquella casa y en aquella familia fueron acogidos los dos maltrechos peregrinos, y allí fueron a recobrar sus fuerzas y sus ánimos. Henri se repuso muy pronto; don Guillaume necesitó más tiempo y todos los cuidados de la buena Oria: queso, leche espesa, carne de animal joven y la dulce bebida de la sidra, hecha en casa con manzanas del valle.

Fueron días hermosos; de gozo y amistad para Henri y Endrina; pero pasados estaban ya diez días de abril; no había otro remedio que reemprender la marcha, pues llegando mayo también caían los calores sobre las tierras que unen Castilla con León.

Una honda tristeza tomó los ánimos de Endrina: ¡de qué forma se había acostumbrado a sentir a su lado aquel grande y torpe oso bermejo...! Henri también andaba entristecido: aquella Endrina, pequeña como fruto de arándano, ligera y brincadora lo mismo que una ardilla, le llenaba las horas con su alegre y menuda presencia.

3. ENDRINA Y LOS CANTOS PEREGRINOS

A Endrina solían venirle ideas a la mente como golpes de viento, de pronto y sin aviso: ¡marchar a Compostela! Eso era; caminar al lado de don Guillaume y Henri durante muchos días y conocer lugares diferentes... ¡Tenía que partir! Su valle de Carlos era hermoso, pero ahora sentía una extraña inquietud que no podría calmar sino en otros caminos.

—¡Padre, madre! —suplicó—. Otros marcharon antes. No soy una niñuela que no pueda cuidarse de sí misma; para San Juan de junio tendré cumplidos los quince años.

Pedro de Tabladiello se debatía entre dudas; ciertamente, marchando a Compostela había lugares de gran aspereza y posibles peligros: ríos de aguas bravas, bandoleros, fiebres, lobos, tormentas, lluvias, soles... Pero aún tenía vivos en la memoria aquellos caminos que recorrió de mozo con su viola al hombro y los ojos cuajados de ilusiones. Entonces conoció muchas gentes distintas, y bullicio de villas y ciudades, y también supo de cuitas y zozobras... Pero siempre fue hermoso. Era osado entonces, como osada era también Oria, su esposa, a quien, siendo fijadalga, le quedó el corazón prendido en su viola y, olvidando hidalguía, dejó atrás padre, madre y tierras de Castilla para seguirlo. Y ahora aquella Endrina suya, pequeña y brava, también quería marchar. Sin embargo, había sombras de dudas en los ojos de Pedro.

Endrina, advirtiéndolo, añadía razones a las que ya había dado:

—Recuerda, padre, a la llamada Bononova de Lombardía, de la que aún se habla, que siendo mujer recorrió al menos doce veces el camino que lleva a Compostela. Guiaba a peregrinos y, según tengo oído, era de mayor osadía que muchos hombres fuertes, la primera en todos los peligros y la más animosa en medio de las cuitas...

Pedro de Tabladiello asintió al fin, apartando las dudas de su mente.

—Dejemos volar al pájaro temprano, que los vuelos primeros son gozosos —dijo.

Oria sentía en el alma desvelos de madre, pero también había sido inquieta en sus años de moza y podía entender aquello que se andaba agitando en el pecho de Endrina.

—Puesto que tú lo dices, dejémoslo volar, y quiera Dios que sean sus vuelos alegres y ligeros —exclamó, mirando en primer lugar a su marido y después a su hija.

Al oírla, todo en Endrina se volvió júbilo; pero fueron las palabras de Dimio, que tenía las raíces muy hondas en sus montes y no entendía inquietudes de marcha, las que empañaron su dicha:

—Padre, no puedo comprender de qué modo permites que tu única hija, todavía casi niña, marche por caminos tan largos y difíciles con la sola guarda de un anciano y un mozo de quienes apenas conocemos otra cosa que el nombre. ¿Y si luego resultan ser rufianes?

La cara de Endrina enrojeció de ira. Iba a empezar una indignada plática, pero su padre tomó primero la palabra:

—Bajo los hábitos de esos dos peregrinos se ocultan cumplidos caballeros. No me engañan los ojos de los hombres, Dimio, hijo; he conocido a muchos... Y además nuestra Endrina sabe cuidarse sola, es brava y prudente y, sobre todo, su mente tiene ingenio.

—Tú sabrás, padre, lo que se ha de hacer; pero si después tuviera alguna desgracia o algún tropiezo, recuerda que ya te lo había advertido.

—¡Calla ya, pájaro de negras plumas, que siempre estás graznando con augurios adversos! —exclamó Endrina, saliendo luego aprisa para buscar a Henri.

Lo divisó junto a don Guillaume, en un alto,

con la vista perdida entre valles y montes, como si de algún modo quisiera grabarlos en su alma.

—¡Henri, Henri, parto en vuestra compañía! —gritaba, corriendo hacia su encuentro.

Jadeaba sonriente cuando se detuvo junto a los dos peregrinos.

Don Guillaume la miró con ojos sorprendidos:

—Entiende, hija, que no podremos brindarte ninguna recompensa; nada poseo que tenga algún valor, pues de la bolsa que has tenido en tus manos sólo me pertenece el deber de llevarla a Compostela.

—Pero, señor, yo no deseo otra cosa que marchar en vuestra compañía y ver caminos nuevos.

—Los caminos son largos y ásperos. El cansancio a veces es tan hondo que se adentra en las almas... y además acechan los peligros, Endrina.

—Nunca temió a peligros la hija de Pedro de Tabladiello. Mi padre recorrió la mitad de las tierras del mundo con su viola al hombro; mi madre se olvidó de toda su hidalguía para casarse con él, y halló honra doblada tornándose villana; mi abuelo Gonzalvo fue valiente y también mi trasabuelo* Xoan, que además fue esforzado y generoso, pues él solo, sin tener otra ayuda que la de sus dos manos, levantó un puente de tablas sobre un río de Galicia para alivio de cansados peregrinos. Xoan de Tabladiello le llamaron por eso, y Endrina de Tabladiello me llamo en su memoria. Teniendo tal linaje, espero los peligros con la mirada en alto y mostrando sonrisas.

Henri estaba tan alegre como día de sol, pero solía hallar divertimiento alterando los ánimos de Endrina.

—¿Y qué ayuda podrías tú prestarnos? —preguntó.

—¿Qué ayuda dices? ¿No has oído hablar de esos que llaman lenguajeros*? Pues lenguajera soy, y no de las peores. Estira las orejas y, si puedes, escucha.

Las palabras salían de la boca de Endrina con

tanta ligereza que apenas si podían oírse todas ellas; eran muchas en la lengua de Francia, bastantes en la de los teutones*, algunas en la de los ingleses..., y además un torrente de dichos castellanos y gallegos alternando con aquellos otros que se oían en las tierras de vascos y navarros...

Henri y don Guillaume no hacían otra cosa que callar y asombrarse. Endrina siguió hablando:

—Catorce años de mi vida, los que ahora tengo, he pasado a orillas del camino que llaman Francés porque, cruzando Francia, conduce a Compostela romeros de todos los países. A muchos escuché, con muchos hablé y de todos aprendí una palabra nueva. A varias lenguas de España yo las tengo por mías en la misma medida, pues gallego fue mi trasabuelo Xoan, leoneses mi padre y mi abuelo Gonzalvo; los cantos de Castilla los escuché en boca de mi madre cuando yo todavía no hablaba, y la lengua de vascos y navarros es la mía.

Henri la tomó de las manos:

—Al nacer tú ya hablabas, y por Santa María que prefiero marchar por los caminos empleando el lenguaje de las señas que llevar a mi lado a quien tanto y tan aprisa habla —exclamó, sonriendo.

Los días que siguieron fueron de prisas y de afanes; apenas tuvieron el tiempo necesario para coser el hábito de Endrina y aviar alforjas y bordón...

Al fin llegó la hora de la marcha. ¡Qué hermoso rompió abril aquella amanecida!

De rodillas en medio de sus padres, entre otros peregrinos, Endrina recibía, bendecidos, los símbolos de su peregrinaje de manos del abad del monasterio de San Salvador de Ibañeta:

—Te entrego este bordón y estas alforjas como signo de tu peregrinación...

Después los cantos peregrinos se alzaron al Señor con voces de alabanza:

Te Deum laudamus;
te Dominum confitemur,
te Aeternum Patrem
omnis Terra veneratur...

(A vos, oh, Señor, os alabamos; / a vos, oh, Señor, os reconocemos; / a vos, Eterno Padre, / venera toda la Tierra...)

Comenzando la marcha, a Endrina la invadía un sentimiento nuevo: por primera vez se alejaba de su valle de Carlos, de su hogar, de sus padres, de su fiel *Juan sin cuitas*... El gozo de marchar seguía en su interior, pero envuelto entre brumas de una cierta tristeza; era igual que la niebla cuando ocultaba las cumbres de los montes.

A Oria se le iban las lágrimas.

—No te aflijas, mujer, que habrá de ir segura; pues doné al monasterio veinticinco sueldos* para el buen fin de la peregrinación, y los santos protectores de los caminos nos lo tendrán en cuenta —exclamó su marido para darle sosiego.

—¡Que Santa María y Sant Yago os guarden, hija mía...!

—Quedad con Dios, padre y madre; queda con Dios, mi buen hermano Dimio.

Cientos y cientos de peregrinos, llegados de todos los lugares, descendían ya las verdes y suaves laderas que bajaban hasta Roncesvalles. Comenzando el día entonaban el himno que llamaban del Ultreia o de los peregrinos de Flandes, pero que tenían por suyo todos los romeros que iban a Galicia. Era un canto de esperanza que al romper cada mañana se elevaba a lo alto en todos los caminos del peregrinaje:

Dum Pater familias,
rex universorum
donaret provincias,
jus apostolorum;
Jacobus Hispanias
lux illustrat morum.

¡Herru Sanctiagu!
¡Got Sanctiagu!
E ultreia, e sus eia
Deus, adiuva nos.

(Cuando aquel buen padre, / rey de toda guía, / a los doce apóstoles los reinos cedía, / Santiago a su España santa luz traía. / ¡Oh, señor Santiago! ¡Gran Santiago! / *E ultreia e sus eia;* protégenos, Dios.)

Henri y Endrina se adelantaron por el sendero abajo. Cantaban cogidos de la mano:

¡Herru Sanctiagu!
¡Got Sanctiagu!

El camino volvía y revolvía igual que una larga serpiente, los prados brillaban de sol sobre el rocío, y en los bosques de hayas y de robles había hojas tiernas apuntando en verdes diferentes... Ya no quedaban nieblas en el alma de Endrina.

¡El día estaba hermoso! Los cantos peregrinos proseguían:

¡Herru Sanctiagu!
¡Got Sanctiagu!

Después los romeros dejaron los himnos en latín y cantó cada cual en su lengua. Semejaban una alegre algarabía de pájaros distintos y contentos.

Henri y Endrina se detuvieron a orillas del camino por mejor escucharlos; de pronto oyeron hablar a sus espaldas:

—Gozosos bajan los romeros. Dijérase que les tomó los ánimos la nueva primavera.

Se dieron la vuelta con presteza y se hallaron de frente con un pastor de ovejas anciano y encorvado. Tenía el rostro oscuro y cejijunto, cruzado por cien surcos de arrugas; pero en sus ojos viejos todavía quedaba un rescoldo de júbilo...

—¿Marchan los peregrinos hacia el monasterio de los agustinos de Roncesvalles?

—Hacia allá íbamos, amigo. Por cierto que no sé si habremos errado en el camino, pues pensé que el monasterio estaría más cercano —respondió Endrina.

—Por buen camino vais; en seguida tendréis el monasterio delante de los ojos.

Doblando un último recodo, lo avistaron de pronto, apoyando sus piedras grises sobre el verde de una ladera.

Después, sentados en la hierba, oyeron de boca del anciano la historia del monasterio de Nuestra Señora de Roncesvalles; algún poco en francés, que el pastor lo conocía un tanto, y otro poco en la lengua de los vascos; entonces Endrina escuchaba y después hacía de lenguajera.

—El tiempo de este sucedido está ya muy lejano —comenzó a decir el pastor—. Los más viejos lo oyeron de otros viejos, que también lo escucharon de otros. Dicen que en una noche oscura tres pastores vieron entre las hayas luces vivísimas y que primero se turbaron pensando que eran fulgores de almas peregrinas. Pero como el fulgor se repitió varias noches seguidas, acordaron llegar hasta el lugar en el cual lo divisaban para ver si era cosa de vivos o de muertos. Y cuentan que en medio de dos hayas avistaron un ciervo con los cuernos ardiendo que parecía venirles con mensajes, pues comenzando a andar, de trecho en trecho volvía la cabeza, y si cesaban los pasos de los hombres, él detenía los suyos. Llegando el animal al lado de una fuente que manaba entre peñas, quedóse junto a ella sin hacer movimientos. Entendieron entonces los pastores que era aquello señal de un hecho prodigioso, y con grandes esfuerzos abrieron un hueco entre las rocas y hallaron, al amparo de un arco de piedra, una preciosa imagen de la Virgen Gloriosa..., y aquél fue desde entonces un lugar de oración. Luego corrieron muchos años, y cuando yo era mozo, el obispo de Pamplona, don Sancho de Larrañosa, mandó alzar, donde ocurrió el prodigio, un monasterio de clérigos de San Agustín que fue al mismo tiempo hostal para romeros. En aquel que veis...

El pastor era un pozo de dichos, pero los cantos peregrinos ya estaban tan cercanos que hubo de poner fin a sus palabras, aunque con gran descontento, según advirtieron Endrina y Henri.

Nada sucedió en el monasterio de Roncesvalles digno de ser contado, sino que, hallando un nuevo grupo de peregrinos, encontraron entre ellos a un monje de la Orden de San Benito que dijo llamarse fray Roderick de Chester. Era un hombre de edad más que mediada, de cuerpo enjuto y color pálido, que tenía unos profundos ojos azules que parecían poder entenderlo todo. De sus débiles hombros colgaban unas grandes y pesadas alforjas. A partir de su encuentro, don Guillaume y él caminaron juntos como si fueran antiguos amigos. Y también sucedió algo menos importante, pero que llenó a Endrina de sorpresa y contento: salían del monasterio cuando se les echó encima un torbellino peludo envuelto en ladridos y saltos. ¡Allí tenían a *Juan sin cuitas*! Cansado y jadeante, pero loco de júbilo.

—¡Eres tú, *Juan sin cuitas*! ¡Eres tú! —reía Endrina, tomando a su perro entre los brazos y besando, con besos repetidos, el lucero negro que tenía en la frente.

El perro le lamía la cara, las manos, el vestido... y no cesaba de menear el rabo.

4. UN LARGO CAMINO Y UN EXTRAÑO SUCESO

Tras Roncesvalles, el camino se alargaba: subir y bajar montes, unos más agrestes, otros más suaves...; dejar a la espalda hayedos, robledales, pinares..., prados tapizados de verde..., arroyos, fuentes, ríos...; después monasterios, hospitales, iglesias aisladas..., y alguna aldea o villa: Burguete, Viscarret, Larrañosa...

Los romeros se apoyaban los unos en los otros, el viejo en el más joven, el débil en el más fuerte, compartiendo canciones y cansancios. El lugar de partida no importaba; el lugar de llegada era el mismo para todos: Santiago, en Galicia... También todos vestían un mismo hábito: ropaje de paño oscuro y recio; un morral a la espalda; en la mano un bordón ahuecado en la parte de arriba para servir de flauta, del cual pendía la seca calabaza que contenía rojo vino o agua dulce; y, por fin, un sombrero con las alas abiertas por los lados y alzadas por delante.

Los motivos de aquel peregrinar solían ser cosas del espíritu: rogar por la salud de algún ser muy querido, agradecer una gracia del cielo, cumplir la penitencia impuesta por una grave culpa... y, sobre todo eso, postrarse delante del altar del apóstol por buscar la salvación del alma. «Quien llega a Compostela tiene el alma salvada», era el dicho común de las gentes de todos los lugares...

Los peregrinos caminaban cantando, unas veces por elevar al aire el gozo del espíritu, otras para alejar tristezas y desánimos. Pero cantaban siempre.

Al atardecer del tercer día de marcha se hallaban ya muy próximos a la ciudad de Pamplona. Endrina y Henri a duras penas contenían la impaciencia. ¡Al fin, Pamplona! Bullicio en sus calles y plazas, risas, divertimientos... Pensando en ellos, sus cantos se alegraban y alegraban a otros:

¡Herru Sanctiagu!
¡Got Sanctiagu!

Y de pronto cesaron los himnos peregrinos. ¿Qué era aquel alboroto que oían por detrás? Música de violas y laúdes, voces altas, canciones de juglares... y, sobre todo ello, el eco repetido de cascos de caballos.

—Dicen que son gentes del séquito del conde de L'Aube —murmuró un peregrino de las tierras de Francia—. Y por Dios que este hecho será de mucho beneficio para el que tenga la bolsa enflaquecida.

Los romeros, apartados al borde del camino, detuvieron su marcha para dejar paso franco a quienes parecían llegar con mayores prisas. Algunos, los más pobres, ya tenían las manos extendidas. *Juan sin cuitas* andaba con saltos de contento, añadiendo ladridos al bullicio. Endrina tenía los ojos brillantes de entusiasmo. ¡Qué alegre comitiva! Primero, hombres de las mesnadas* del conde, con las armas dispuestas, atentos a celadas y asaltos; después, escuderos y pajes acompañando a principales caballeros.

Endrina contemplaba admirada tanta riqueza junta en vestidos y joyas: de lino las camisas, de ciclatón* hermoso los briales*, mantos de ricos paños adornados con pieles..., oro y piedras finas en broches y collares..., coberturas de grana en cuerpos de caballos; las riendas bien labradas, brillantes las espuelas y los estribos...

En medio del cortejo, señor entre señores, iba el conde de L'Aube. Tenía el cuerpo membrudo y la cabeza hermosa, con la barba espesa y la mirada alta. Y tras él, capellanes y médicos; servidores y esclavos, conduciendo una recua de mulas cargadas; trovadores, juglares, violeros... En último lugar, nuevamente las mesnadas del conde guardando por detrás la comitiva.

—¡Mira, Henri, qué bullicio! Cortejos parecidos habremos de encontrar en Pamplona a todas horas —exclamó Endrina con voz alborozada.

Sus palabras quedaron en el aire, sin respuesta.

—¿Henri?

Endrina miraba con asombro en derredor; pero ¿dónde se hallarían don Guillaume y Henri si hacía sólo un instante estaban junto a ella...? Al fin los divisó, ambos alterados, sin color en el rostro y haciendo por permanecer ocultos entre otros romeros.

—Don Guillaume. ¡Por Santa María! ¿Estáis enfermo? Y a ti, ¿qué te sucede, Henri?

—Cállate, ¡por Saint Jacques!, Endrina —le respondió Henri apenas en susurros.

¡Ay, Dios! ¿Qué podría haberles sucedido? Endrina no llegaba a entenderlo...

En tanto don Guillaume y Henri trataban de ocultarse, los otros peregrinos, antes tan cansados o enfermos, se empujaban los unos a los otros como animales jóvenes, queriendo estar todos en los primeros puestos. Entre tanta apretura fue a caer en tierra don Guillaume, y una buena mujer que se hallaba a su lado, temiendo que los romeros se echaran sobre él, gritó de tal manera que hizo callar laúdes y violas, risas y voces altas... Y de pronto, en el aire, un silencio de asombro, y en el suelo un hombre caído y angustiado, y un ciento de miradas clavadas en su rostro.

En un decir amén estaban Endrina y fray Roderick acudiendo en su auxilio; pero ¿y Henri? «¿Dónde se hallará ese necio oso rojo?», se preguntaba Endrina con sorpresa y enfado. Pero olvidó ambas cosas escuchando las palabras del conde:

—Acércate para que mis ojos te vean claramente, peregrino —exclamó, mirando a don Guillaume con acusado asombro.

Don Guillaume, con el cuerpo encogido y la cabeza baja, parecía querer buscar refugio en su propio interior.

—Acércate sin temer cosa alguna, buen hermano —repetía el conde—. Y vosotros, abridle ahora paso y después apartaos —añadió, hablando a sus vasallos.

El conde y don Guillaume estaban frente a frente. El uno, confundido; el otro, temeroso... El conde murmuraba palabras en voz baja, don Guillaume negaba...

Peregrinos, caballeros, pajes, escuderos..., ninguno alcanzaba a entenderlos. ¿Qué estarían diciendo? El aire estaba lleno de preguntas curiosas... Pero Endrina tenía en el oído la agudeza del animal del monte, y podía escuchar muchas de sus palabras.

—Estáis confundido, mi señor... ¡No, no, mi nombre es Guillaume de Gaurin...! —decía el peregrino.

—Os conozco, romero, estoy cierto; pero ¿dónde os he visto? Decídmelo —insistía el conde.

—Los caminos son largos..., cualquier día, en un lugar cualquiera...

—¡Por Santa María de Rocamador! No, no es eso. ¡Vuestros ojos! Los tengo conocidos, estoy seguro.

Don Guillaume apenas podía sostenerse sobre sus pies. «¿Por qué tanto temor?», se preguntaba Endrina; pero y aquel torpe de Henri, ¿de qué modo abandonaba a su señor en tan mal trance...?

Al cabo distinguió sus cabellos bermejos en los últimos puestos; aún seguía pálido y tembloroso, ocultándose como una musaraña; él, que además de la fuerza solía tener la bravura del oso.

¡Por Sant Yago! ¿Qué era aquello que estaba sucediendo? Endrina no podía entenderlo. Pero un nuevo revuelo vino a aumentar su asombro: ¡fray Roderick, el buen fray Roderick, el de palabras sabias y hechos mesurados, parecía estar loco...! Cantando estaba con voz aguda y necia una extraña canción que no tenía sentido ni medida alguna. Cantando, revolvía y bailaba a pesar de sus años y a pesar de su negra cogulla*... Después se arrojó al suelo, como si estuviera preso del mal de la epilepsia. Viéndolo, se alzó un clamor de gritos y risas, y el conde, ya molesto por tanta alteración, cesó de preguntar y aguijando el caballo prosiguió su viaje, después de dar la orden de que sus limosneros arrojaran monedas a aquellas pobres gentes.

Don Guillaume estaba a orillas del camino, sin color y sin fuerzas. Fray Roderick, prontamente curado de aquel extraño mal que le tomara el cuerpo, se hallaba otra vez a su lado, y allí estaba ya Henri atendiendo, todavía tembloroso, a su señor. Endrina lo miraba con ojos de reproche y enojo:

—¿En qué lugar estabas, gran oso sin zarpas? ¿Dónde estabas, Henri? Yo te creía esforzado —preguntó con voz de asombro y desprecio.

La mano de fray Roderick se detuvo en su brazo:

—No preguntes, Endrina —murmuró muy cerca de su oído; después le sonrió—. Y ruega a la Gloriosa que olvide lo malo de mi canto y mi gran mentira.

Sin embargo, siguiendo el camino hacia Pamplona, Endrina no podía olvidar lo sucedido e iba haciéndose preguntas: «¿Quién era don Guillaume? ¿Por qué Henri, que daría su vida por la de su señor, no lo había ayudado? ¿Qué sabía fray Roderick de ambos?».

—No preguntes, Endrina.

La mano del buen monje descansaba otra vez sobre su brazo. Sus ojos la entendían y le pedían silencio.

Seguían las riberas del Arga; Pamplona estaba al alcance de la mano, el río murmuraba promesas de alegría. Se pasaba la tarde y entraba ya la noche: ¡allí estaba Pamplona! Endrina olvidó sus preguntas.

Anocheciendo cruzaron el puente de la Magdalena y penetraron en la ciudad por la puerta que llamaban de los Franceses. Luego, en la catedral, el canto de alabanza al Señor de los Cielos:

¡Te Deum laudamus!

(¡A ti, Señor, te alabamos...!)

Pero aunque Pamplona era una hermosa ciudad llena de bienes, generosa con los peregrinos, con un próspero barrio de artesanos y comerciantes francos y aunque don Guillaume y fray Roderick tenían las fuerzas quebrantadas, el anciano peregrino se empeñaba en partir con la primera luz del día siguiente.

Henri, que durante el camino había pensado con contento en el bullicio que hallarían en Pamplona, ahora nada decía, ni tampoco fray Roderick, que se empeñaba en seguir en compañía de sus nuevos amigos.

Pero Endrina, que estaba deseosa de alborozos y risas, de ver lugares nuevos y conocer personas diferentes, buscaba en su interior algún motivo que pudiera llegar a convencerlos:

—Estáis cansado, don Guillaume, y vos también, fray Roderick. Además, en Pamplona tienen morada muchas gentes de las tierras de Francia... Os brindarían alivio, y hallaríais amigos que nos habrían de dar muchos y buenos consejos para el peregrinaje...

—En un lugar que llaman Puente la Reina, y que no está lejos, hallaremos alivio y otro barrio de francos —exclamó fray Roderick, cortando sus razones.

Endrina lo miró con ojos doloridos: llevaban tres días de camino..., dos noches durmiendo sobre pajas en tristeza de iglesias solitarias, y ahora que Pamplona les brindaba alegrías..., ¿no podrían detenerse siquiera una jornada...?

—El lugar que llaman de Puente la Reina está al lado del Arga... y el puente al que debe su nombre es hermoso y magnífico, Endrina; lo mandó construir la reina doña Mayor, mujer de un rey de Navarra e hija de un conde de Castilla...

Fray Roderick quería distraer su desazón, Endrina lo sabía; sin embargo, no podía ocultarla.

5. ¿ADÓNDE IRÁ AQUEL *ROMEIRO*?

Amaneció un día gris y triste. El sol quería apuntar, sin conseguirlo, sobre el largo verdor de los extensos valles. Atrás quedó Pamplona, salpicada de lluvia.

—Mal tiempo para emprender la marcha —murmuró Endrina.

Sus palabras se perdieron en el húmedo silencio de la aurora sin que nadie les diera una respuesta.

Muy pronto se quedaron detrás de aquellos pocos romeros con los que habían salido de Pamplona, pues don Guillaume y fray Roderick, comenzando el camino, ya parecían llevar a las espaldas el cansancio de toda una jornada.

Tras los prados hallaron la espesura de un

bosque de altos robles. Llovía y el viento comenzaba a enredarse entre ramas.

—Qué mal día para andar de camino —volvió a decir Endrina.

Pero como no era amiga de conservar enojos durante mucho tiempo, ni solía mantener ocupada la mente con pensamientos tristes, después de un corto trecho comenzó a tocar la flauta para alegrar ánimos y aliviar cansancios.

Luego fray Roderick le pidió que cantara:

—Cántanos ahora alguna canción de aquellos montes tuyos...

¡Qué hermosos sonaban los cantos de su tierra...!

Las palabras queridas le traían al ánimo recuerdos de su hogar y de sus padres: *amá**... *aitá**... *neska**... *goizeko itzarra**... Eran dichos oídos desde niña. Después cantó un romance en lengua de Castilla, y luego se le vino a la mente una canción gallega que solían escuchar a los romeros cuando ya iban de vuelta de su peregrinaje. Era un canto que a Endrina se le metía en el alma, por eso lo entonaba con todo sentimiento:

¿Adónde irá aquel romeiro,
meu romeiro, adónde irá?
Camiño de Compostela
non sei s'ali chegará.
Os peis leva cheos de sangre
e non pode mais andar.

¡Mal pocado!, ¡probe vello!,
non sei s'ali chegará.
Ten longas e broncas barbas,
ollos de dolce mirar,
ollos gazos, leonados,
verdes como auga do mar.
....
Dígame, diga seu nome.
....
—Eu chámome don Gaiferos,
Gaiferos de Mormaltán...

(¿Adónde irá aquel romero, / mi romero, adónde irá? / Camino de Compostela / no sé si allí llegará. / Los pies lleva llenos de sangre / y no puede andar más. / Desgraciado, cuitado, / no sé si allí llegará. / Tiene largas y blancas barbas, / ojos de dulce mirar, / ojos pardos, leonados, / verdes como agua del mar. / Dígame, diga su nombre. / Yo me llamo don Gaiferos, / Gaiferos de Mormaltán...)

Al llegar a aquel punto advirtió que don Guillaume daba muestras de sobresalto y que Henri la miraba alterado. ¿Qué podría sucederles? Interrumpió su canto sorprendida. Silencios y miradas iban de uno en otro. Endrina no sabía dónde poner sus ojos. Seguía sin comprender qué mal podría haber en la canción. «¡Oh, Dios!, ¿por qué ninguno hablaba?» Fue la voz de fray Roderick la que rompió aquel largo silencio henchido de preguntas sin respuestas:

—Da sosiego a tu canto, Endrina, pues tu voz ya comienza a cansarse; y deja que sea ahora este viejo monje quien alivie con sus torpes palabras lo duro de la marcha. Oíd, hermanos, si es que así lo queréis, alguno de los hechos prodigiosos que cuentan del apóstol. Muchos sé, pero hay uno entre todos que me viene a la mente viendo con cuánta caridad Endrina y Henri unen sus pasos jóvenes a los viejos y torpes de don Guillaume y míos; pero Sant Yago habrá de darles algún día la paga bien doblada, como se la fue a dar a aquel buen romero que, según cuentan, ayudó a quien lo necesitaba. Escuchad, pues: dice la historia que iban cinco peregrinos marchando a Compostela, y en lo alto de un monte abrupto y solitario uno de ellos se sintió herido por cruel y repentino mal. Y ved, amigos, que de sus cuatro compañeros tres siguieron camino adelante, tal vez por temor a la noche cercana, por miedo a bandoleros o lobos, o quizá porque tuvieran prisa por hallar una iglesia donde poder orar. «El ángel de la muerte está rozando ya con sus alas de hielo los ojos de este nuestro desgraciado hermano; nada podemos hacer en su favor, sigamos adelante, que hemos de llegar a Compostela para la perdonanza*...» De este modo hablaron tres de ellos, acallando las voces que oían en sus almas; pero el cuarto escuchó aquellas voces y pensó de muy distinta forma; se quedó al lado del amigo cuya vida acababa. Y muriendo el romero, buscó la forma de darle sepultura. Estaba terminada la tarea, cuando vio ante sus ojos un caballero con brillante armadura sobre caballo blanco, quien lo alzó hasta la grupa y lo llevó consigo a Compostela con la rapidez del viento. Y no tuvo el romero cansancios ni quebrantos en tan largo viaje, sino mucho sosiego y alegría. «Acabado tienes ya todo el peregrinaje, y salvada tu alma, sin otro mérito que el de la caridad», le dijo el caballero al despedirse; y cuentan que quien así le hablaba era el apóstol Sant Yago, quien suele andar por senderos y montes guardando los caminos que van a Compostela...

La voz de fray Roderick enmudeció cuando llegaban a lo más alto de la sierra. Pero en las cimas se alegraban los ánimos por sí mismos, porque el sol ya había abierto en los cielos.

—¡Oh, qué hermosura, Henri! —exclamó Endrina, mirando de la montaña abajo.

Pero Henri oteó en la distancia sin atender a belleza de soles ni de nubes:

—Nada se ve que sea extraño, ni se oye ningún bullicio, ni cascos de caballos...

Don Guillaume parecía haberse liberado de algún peso y al fin consintió en descansar.

A Endrina la asombraban tales preocupaciones. ¿De qué andarían temiendo?

«Nada se oye de bullicio, ni cascos de caballos», repitió mentalmente, y de pronto entendió recordando el cortejo del conde de L'Aube en el día pasado: ¡cascos de caballos! Así pues, aquella salida de Pamplona con tan enormes prisas no era más que una huida... ¡Y huyendo iban del conde! Pero ¿por qué motivo? ¿Qué tendría que ocultar don Guillaume? ¿La bolsa que, colgando del cuello, guardaba entre las ropas? Y ¿sería el conde de L'Aube quien quería arrebatársela?

¡Qué hecho tan extraño...! Endrina seguía recordando otras cosas pasadas: fue en el valle de Carlos, la tarde en que halló a los dos peregrinos... Aún oía en su interior la voz de don Guillaume: «Si Henri y yo perdiéramos la vida, haz llegar esta bolsa a manos del arzobispo de Compostela... Corre, hija, ocúltate y ocúltala, que es de mayor precio que la vida de un hombre...».

¿Qué contenía la bolsa? ¿La querría aquel conde de L'Aube que de tal modo alteraba los ánimos de don Guillaume y Henri...?

Tomaron un largo descanso, pero de vez en vez Henri tendía la mirada por la montaña abajo:

—No hay rumores extraños, señor; podéis estar tranquilo —repetía.

Endrina miraba a fray Roderick por ver si leía en sus ojos; pero fray Roderick tenía los ojos sin sombras de misterios y para Endrina eran lo mismo que un libro con las hojas en blanco. ¿Qué sabría aquel monje? ¿O no sabría nada...?

Después de una ligera comida iniciaron nuevamente la marcha. Ahora descendían. En la distancia se iban ensanchando los caminos, había extensos llanos, pocos árboles y campos ya labrados. Cuando llegara agosto, los vientos soplarían entre espigas doradas. ¡Qué gozo pensar en días de verano! Para Endrina, que vivía entre montes agrestes que no daban más frutos que los que querían dar, las tierras de labor eran promesas de alegrías que le hacían olvidar preguntas y misterios de condes y de extrañas huidas.

De pronto, cruzando la llanura, les llegó el eco de un suave rumor; parecían cantos de peregrinos. ¿Y de dónde llegaban si ellos marchaban solos y no tenían a nadie ni detrás ni delante?

—¿Qué puede ser, fray Roderick?

—Son cantos de romeros, Endrina.

—Pero ¿de dónde vienen?

—Vienen de tierras de Aragón. No es el nuestro el único camino que llega a Compostela... De los cuatro que cruzan toda Francia de una parte a otra, tres de ellos se juntan en uno llegando a Ostabat, para entrar unidos en España por tu valle de Carlos, y el cuarto cruza los Pirineos por otro puerto que llaman de Somport y atraviesa tierras aragonesas; en Puente la Reina se reúnen los cuatro y ya hay un solo camino, el que llaman Francígeno o Francés. A él se van juntando otras rutas de menor importancia que llevan a Galicia romeros de los reinos de España.

Los cantos ya se oían cercanos.

—¡Corre, Henri, y corre tú también, *Juan sin cuitas,* vayamos a su encuentro! —gritaba Endrina.

¡Qué hermosas sonaban las canciones en todos los idiomas! Y después, ¡qué barullo de posaderos, comerciantes, artesanos y cambistas saliendo al paso de aquellos que llegaban...! Cada uno ofrecía las cosas propias de su oficio:

—¿Queréis, hermanos, buen hostal, pan blanco y vino rojo por unos pocos sueldos...?

—¿Necesitáis quizá unas sandalias nuevas, un cinto o un morral de cuero?

—Venid conmigo sin cuidado, que no habrá nadie que como yo fije las herraduras a vuestra hermosa mula.

—No te dejes burlar con cambios de monedas, amigo; mira que no hay mejor cambista que aquel que sea lombardo.

¡Por fin, Puente la Reina! Unión de peregrinos venidos de todos los países: de Francia, de Inglaterra, de Flandes, de Grecia, de Germania, de Rusia, de Noruega, de Armenia, de Hungría, de Bulgaria... También era lugar de mercaderes y buhoneros. Un lugar próspero con una larga calle que era centro y reunión de romeros, y otras dos más pequeñas sirviéndole de guarda permanente... Por fin la ruta que iba a Compostela prometía sonrisas; la juventud de Endrina ansiaba ya de ellas... El canto de un juglar fue a colmar su entusiasmo.

—Escucha, Henri; escucha aunque no entiendas, que luego volveré sus palabras a tu lengua.

Fermosos eran los ojos que al rey Alfonso habían
[cautivado.
Fermosa era llamada la hermosura.
Languidecía la reina Leonor.

Holgaba la judía tejiendo con madejas de seda lazos
[como cadenas.
Y el rey Alfonso, octavo de su nombre,
el del buen entender, el nacido en buen día,
olvidadas tenía promesas dichas en oídos de reina
por mirar hermosura en ojos de judía.

Eran versos sin metro; pero ¡qué bello el canto y cuánta verdad había en sus palabras...! Endrina no cabía en sí misma pensando que allí se quedarían al menos tres jornadas y habría tiempo sobrado para otros cantos y para otros juglares.

Se fueron a hospedar a un hostal de peregrinos pobres que, como tantos otros del camino, tenía el nombre de Sant Yago, en donde hallaron, además del amparo de un buen techo, algo de agua caliente para sus pies llagados, un cuenco a rebosar con sopa espesa, media hogaza de pan y un cuartillo de vino. Y sobre todo eso, las palabras de un buen monje limosnero recibiéndolos en nombre del Señor: que quien acoge a peregrino, al mismo Cristo acoge.

¡Qué gozo sentía Endrina! Tendrían, por derecho, tres días y tres noches de hospedaje, que serían para don Guillaume y fray Roderick jornadas de descanso, y para Henri y ella, además, tres días de canciones y de divertimiento.

Tranquilos estuvieron durante una jornada, y tranquilos estaban también en la segunda noche sentados junto al fuego, oyendo a un viejo monje contar emocionado cómo en un riguroso día de verano, a la imagen de la Virgen Gloriosa que había en la iglesia de San Pedro le aliviaron los calores las alas de una humilde avecilla: «... y el pájaro se bajaba hasta el río y humedecía sus plumas en las aguas; y luego se llegaba al altar de la Gloriosa y limpiaba el polvo que tenía en el rostro con sus alas... Por eso, a la iglesia de San Pedro se la conoce ahora con el nombre de Santa María del Chori*».

Al acabar la historia se oyó, a lo lejos, un toque de campanas. Sereno sonaba el eco perdiéndose en la noche. Eran las campanas del Chori, que, como todas las jornadas, habiéndose apagado la luz del día, tocaban con cuarenta tañidos para anunciar a cansados romeros cuán cercano tenían un lugar de reposo.

Cuando cesaron los tañidos, comenzaron a sonar golpes doblados en la puerta del hospital.

—Romeros han de ser, las campanas del Chori les han servido de guía —exclamó un monje, levantándose.

Romeros eran venidos de las tierras de Francia, según dijeron; cansados llegaban, y fueron las campanas de la Virgen del Chori las que los llevaron al hospital de Sant Yago; pero llegando en busca de reposo se fueron a llevar el que creían tener Endrina y sus tres compañeros, porque oyendo a uno de los peregrinos, se les hizo pedazos el sosiego que hasta entonces sentían:

—Muy bullicioso nos parece Puente la Reina; está lleno de gente y de alborozo; en él se elevan los ánimos caídos —exclamó. Endrina asentía, escuchándolo—. Pero esto de hoy no ha de ser nada para lo que, según creo, será muy pronto —añadió luego—, pues oímos en Pamplona que el rey Sancho y el conde de L'Aube, a quien tiene hospedado, habrán de estar aquí en menos de dos días...

A don Guillaume, de pronto, se le alteró el semblante, en un momento la color de su rostro se le volvió de cera y su cuerpo pareció tener el tamaño menguado... Después, muy torpemente, ayudado por Henri, se alzó para tomar descanso, pues, según dijo, al día siguiente partirían al alba.

En los ojos sorprendidos de Endrina se reflejó la tristeza y en sus labios apuntó una protesta.

La mano de fray Roderick se detuvo nuevamente en su brazo:

—Estella no está lejos y también es una ciudad hermosa y llena de bullicio —murmuró.

Salieron otra vez al asomar el sol. Era un bonito día, pero ni la alegría del sol recién nacido, apartando las sombras de la noche; ni la belleza de la ciudad en la amanecida; ni los seis arcos del puente de la reina doña Mayor mirándose en el río; ni el despertar sereno de las aguas del Arga podían apartar las preguntas de la mente de Endrina: «¿Por qué ponerse así en peligro de asaltos y ladrones? Don Guillaume ocultaba cosa de gran valor, también fray Roderick parecía llevar en sus alforjas algo de mucha estima. ¿No era, por tanto, más prudente marchar con mayor compañía? ¿O acogerse al amparo de escolta de señores o mercaderes, igual que hacían otros...? ¿Quién sería aquel conde de L'Aube a quien tanto temían...? Era huésped de un rey, y don Guillaume temblaba al escuchar su nombre».

6. FRAY RODERICK DE CHESTER

Seguían marchando solos, y aunque Endrina supiera que las órdenes militares guardaban los caminos que iban a Compostela, y que todos los reyes cristianos de España tenían promulgadas leyes con muy severas penas para aquellos que hicieran agravio a un peregrino, no podía dejar de decirse a sí misma que hubiera sido de mucha más prudencia tomar mayor descanso y caminar con un grupo de romeros...

¡Y qué cansados marchaban don Guillaume y fray Roderick! Si el anciano monje permitiera al menos que aliviara el peso que llevaba a la espalda...

—Yo podría llevar vuestras alforjas algún trecho —susurró.

Fray Roderick la miró agradecido; sin embargo, se negó con firmeza.

En los ojos de Endrina se leía el asombro: ¿qué podría guardar aquel morral...? ¡Tenía compañeros con muy grandes secretos...!

El buen fraile entendió su mirada:

—Tus ojos están haciéndome preguntas, quieres saber qué llevo en las alforjas y por qué os acompaño...

Endrina recató la mirada y apuntó una disculpa.

—Es de naturaleza querer saber aquello que no llega a entenderse, hija mía. Lo que hay en mis pobres alforjas es de enorme valor; pero de ello nada me pertenece sino el deber de custodiarlo, igual que a don Guillaume. Y también yo temo, lo mismo que él, no poder llevar mi encomienda a buen fin. Duros son los caminos que van a Santiago, y muchos los enfermos y ancianos que perecen en ellos. Por eso, además de otras cosas, es de gran importancia andar en buena compañía, Endrina; y tengo la certeza de que, si Dios pidiera las cuentas de mi vida antes de haber llegado al monasterio de San Millán, vosotros, que sois mis amigos, habríais de llevar estas alforjas a ese santo lugar del cual saqué prestado aquello que hay en su interior. ¿Lo comprendes, Endrina?

Endrina comprendía; pero aún no sabía qué sería aquello tan pesado y de tan gran valor que guardaba fray Roderick.

El viejo monje la miraba de frente y sonreía. Los ojos de Endrina reflejaban nobleza; quizá por ello fray Roderick continuara hablando de lo que en un principio no había pensado hablar:

—¿Has tenido alguna vez un libro entre tus manos? —le preguntó de pronto.

La mirada de Endrina se encendió de emociones:

—Sólo una vez; me lo mostró fray Gonzalvo de Burgos allá en los valles de Carlos; pero era un libro pequeño, un salterio*, me dijo.

—¿En los valles de Carlos? —se extrañó fray Roderick.

Endrina asintió ruborizada.

—Fray Gonzalvo, a quien llaman el loco, en

su vagar sin horas por senderos y montes suele enseñarme cosas... Para los dos es el tiempo muy largo... Además de aquel libro, el monje me enseñó a entender las palabras escritas... Fray Gonzalvo dibujaba las formas de las letras en el polvo y yo las aprendía. Así pude leer después de algunos meses; no hay mal alguno en ello, aunque no sea yo varón de buena casa —exclamó, alterándose, Endrina.

—No hay mal alguno en ello, sino muy grande bien. Las cosas que se escriben se pueden recordar durante mucho tiempo; las cosas que se dicen, casi siempre se olvidan; son como hojas de otoño. ¿Lo entiendes?

Endrina lo seguía entendiendo, pero aún se estaba preguntando qué contendrían las alforjas del monje y en qué tendrían relación con aquellas palabras que ahora le decía.

Fray Roderick, observando la impaciencia que saltaba en sus ojos, volvió atrás en la charla:

—Me has dicho que has tenido un libro entre las manos y también que sabes comprender la lengua de los signos. Pues atiende, hija mía; en estas alforjas que cuelgan de mi espalda se guarda un libro valiosísimo. Es una hermosa copia de un texto muy antiguo: el *Apocalipsis* del Beato de Liébana. Son muy pocos los que han podido tenerlo entre las manos; pero yo empeño mi palabra de que llegando a algún lugar seguro te lo habré de mostrar... ¡Es tan hermoso, Endrina! Y costó tanto tiempo y tanto esfuerzo: calígrafos, miniaturistas, iluminadores... durante horas, días, meses, años. Mis dedos tiemblan de emoción cuando vuelvo sus folios.

Hablando de libros avistaron álamos de ribera, y Henri, que marchaba a la par de don Guillaume unos pasos delante, se volvió hacia fray Roderick:

—¿No es éste aquel mal río del cual se habla en el *Libro de los peregrinos que van a Santiago*?

Fray Roderick asintió.

—El señor Aimery de Picaud, que en dicho libro cuenta todo su peregrinaje, señala que le dicen Salado, y que habiendo llegado a sus orillas hallaron a malvados navarros afilando cuchillos, y habiéndoles preguntado si sus aguas eran buenas o malas, dijéronles que buenas. Bebieron entonces sus caballos de ellas y murieron antes de un *Pater Noster*, y luego aquellos rufianes mal nacidos les tomaron los animales muertos y los desollaron delante de sus ojos para obtener provecho de la piel de sus cuerpos...

—¿Estáis seguro, fray Roderick, de que es éste el río del que habla el *Libro de los peregrinos*? —preguntó don Guillaume.

—Éste es el río; pero yo nunca hallé en sus orillas hombres en nada semejantes a aquellos de los que en él se habla, y ésta es la vez tercera que lo cruzo. De todas formas, hombres buenos y malos los hay en cualquier parte.

—Tiene razón fray Roderick; recuerda, Henri, aquellos barqueros de Gascuña que, además de cobrarnos el peaje doblado, estuvieron a punto de arrojarnos a las aguas para después tomar lo poco que había en las alforjas; sólo tu mucha fuerza los contuvo en su intento —añadió don Guillaume.

Mientras iban de charla, *Juan sin cuitas* corrió hacia la ribera presintiendo agua fresca.

—¡Deténlo, Endrina! —gritó Henri.

—Calla tu enorme boca, necio oso bermejo, que bien sabe mi perro dónde puede beber. Y si él bebe, yo bebo, pues buenas son las aguas y las gentes de Navarra —exclamó Endrina con enojo, corriendo también hacia la orilla.

—Espera, Endrina. ¡Por Santa María! —gritaba Henri.

Tan contentos y sanos volvieron *Juan sin cuitas* y su dueña.

—Eran frescas y dulces —exclamó Endrina sin sombra de temor—. ¿No es cierto, *Juan sin cuitas*?

Juan sin cuitas movía el rabo asintiendo y dejaba en el aire una lluvia de gotas de alborozo.

—¡Qué alivio es beber de aguas nuevas! Las que contienen nuestras calabazas ya son viejas y siempre se calientan, parecen malas sopas —decía Endrina con sorna.

Henri todavía la miraba asustado, como si andando dos pasos fuera a caer su cuerpo entre los juncos.

—¡Corramos, *Juan sin cuitas*, que la muerte nos viene persiguiendo! —añadió Endrina en son de burla.

Sin embargo, la muerte ya estaba de camino, y llegaba con pasos silenciosos por extraños senderos.

Aún seguía Endrina con sus risas, y de pronto *Juan sin cuitas* dio en ladrar y en correr río arriba. Al principio creyeron que habría visto algún conejo o una gallina de agua; pero avanzando un trecho, observaron que iba con ladridos a cuatro hombres fuertes y de mala catadura que estaban afanados en la orilla; mirándolos mejor, apreciaron que cortaban juncos de la ribera con enormes cuchillos.

—¡Por Saint Jacques! Éstos son como aquellos navarros de los que hablaba el libro; ¡esperan desollar cabalgaduras! —exclamó Henri.

—En tal caso, podemos seguir nuestro camino

sin temores, pues no tenemos otra que un fuerte oso bermejo —respondió Endrina por aquietar los ánimos; pero aunque de modo alguno quisiera dar señales de ello, también andaba recelosa, pues los hombres eran cuatro, con enormes cuchillos y semblantes sombríos.

Don Guillaume protegía su pecho, y a fray Roderick parecía serle más pesada que nunca la carga de su espalda. Temerosos y cortos eran los pasos de los peregrinos, pero habían de seguir adelante y cruzar el puente sobre el río; muy cerca estaban ya los feroces navarros. Sin embargo tuvieron grande alivio, pues llegando al lugar, ninguno se movió de lo que estaba haciendo.

Dejándolos atrás, los pasos peregrinos se aligeraban solos, pues los pies conocían la inquietud de los pechos*. El puente estaba cerca y tenía solamente dos arcos; ya empezaban a calmar las zozobras... Y de pronto fray Roderick cayó, sin tropezar, a orilla de las aguas.

—¿Qué os sucede, fray Roderick? —preguntaron tres voces igualmente asustadas.

El anciano tenía las manos sobre el pecho, los ojos angustiados y el rostro del color de la tierra. Respiraba a golpes de ansiedad, como queriendo hallar, sin encontrarla, una brizna de aire allí donde el aire era siempre regalo... Y entonces, para aumentar sus cuitas, observaron que los cuatro navarros marchaban hacia ellos apresuradamente.

—¡Oh, Dios, cuánta maldad! Nos ven en tan enorme apuro y ahora vienen contra nosotros —exclamó Henri, dispuesto ya a la lucha.

«¡Qué grande y valiente oso bermejo!», murmuró para sus adentros Endrina, acudiendo a su lado con el bordón en alto.

—Son cuatro hombres fuertes, no saldremos con bien de este trabajo. Tú eres joven y puedes ocultarte, Endrina —le susurraba Henri, rechazando su ayuda—. Toma la joya y corre.

—Toma la joya, Henri; tú también eres joven y puedes ocultarte.

Juan sin cuitas ladraba enfurecido con voz de perro grande. Sólo él no sabía que era pequeño y débil y en nada movía a espanto.

Los hombres se acercaban, y atendiendo a sus voces, la mirada de Endrina se teñía de asombro.

—Las suyas son palabras amigas —susurró a Henri.

Henri nada entendía:

—Puede ser un engaño —respondió.

—Advierte que no traen cuchillos... ¡Oh, Henri! Han visto caer a fray Roderick y vienen por si en algo pueden darnos ayuda.

La furia del alma del buen Henri se deshizo en un decir amén en mansa gratitud y, pasado el asombro primero, corrieron todos juntos a auxiliar a fray Roderick.

El anciano, que tenía entre las suyas las manos de don Guillaume, rezaba a la Gloriosa. Los navarros, viendo la postración de su cuerpo y aquel su respirar sin fuerzas, dijeron que marchaban de prisa a buscar unas hierbas que eran de gran alivio para males del corazón y de la sangre alterada.

Fray Roderick preguntó qué decían, y explicándolo Endrina, interrumpió sus rezos e intentó una débil sonrisa:

—Cuán fácilmente se confunden los hombres. Mirando lo de fuera creemos entender lo de dentro. Quiera Dios perdonarme este mi último yerro —murmuró con palabras cortadas.

—Callad y no os alteréis, pues todos hemos tenido el juicio ligero hacia estos navarros —respondió don Guillaume.

Fray Roderick trató otra vez de sonreír pero no pudo, que a la muerte ya se le oían los pasos. Pidió entonces que abrieran sus alforjas.

—Endrina, hija, toma ahora el códice y muéstramelo —susurró débilmente.

El libro estaba abierto, el corazón de Endrina palpitaba. Fue un golpe de color saltándole a los ojos: negro, rojo, azul, amarillo..., animales extraños, dragones, monstruos con las fauces abiertas, figuras retorcidas..., y tras ello, aliviando la inquieta belleza de las cosas terribles, la calma de las letras en líneas de armonía...

Fray Roderick acariciaba con dedos temblorosos el áspero pergamino de las hojas; se estaba despidiendo para siempre de los libros.

—A vos os lo encomiendo, don Guillaume, y a vosotros también, Endrina y Henri. Llevadlo en mi nombre a San Millán, de donde lo tomé en préstamo; de él se hicieron copias en otros monasterios de Francia y de Inglaterra. Y ahora, hermanos, ya me falta el aliento y el ánima parece que quiere abandonarme. Ayudadme a morir, os lo suplico, con el espíritu entero, como mueren los siervos del Señor...

La voz de fray Roderick era casi un susurro, las palabras apenas si rozaban sus labios:

Miserere mei, Deus,
secundum magnam misericordiam tuam.

(Tened piedad de mí, oh, Dios, / según la grandeza de vuestra misericordia.)

Después sus ojos se cerraron; ya parecía haber muerto, y de pronto se volvió a don Guillaume:

—Quedad con Dios, mi buen amigo, que el Señor os proteja y os guíe, don Gaiferos... Iréis a Compostela y hallaréis la paz que vais buscando...

Endrina lo escuchaba asombrada. ¿Por qué le llamaba ahora don Gaiferos...? Aquél era el nombre de la canción gallega que tanto había alterado a don Guillaume. ¿Qué querrían decir esas palabras? ¿Por qué el anciano monje las ponía en sus labios estando a las puertas de la muerte? Todas eran preguntas que no hallaron respuesta, al menos aquel día.

Luego ya nada quedó de fray Roderick, sino su cuerpo sin voz y sin aliento.

Don Guillaume oraba tristemente:

De profundis, clamavi ad te, Domine.
Domine, exaudi vocem meam.

(Desde lo más profundo te he llamado, Señor. / Señor, escucha mi oración.)

Endrina se decía que allí estaba la muerte, sólo a dos pasos de la vida y, sin embargo, tan extraña, tan para siempre quieta...

Los cuatro navarros llegaban por la ribera arriba con su carga de hierbas; mirándolos, Endrina recordó las palabras del *Libro de los peregrinos que van a Santiago*: «A orillas del río Salado vimos a unos navarros afilando sus cuchillos...».

7. UNA ESTRELLA FUGAZ EN EL CIELO DE ABRIL

Fray Roderick se quedó para siempre a orillas del río que llamaban Salado, descansando su cuerpo en tumba de camino, arropado de arena y flores de ribera; tenía las manos cruzadas sobre el pecho y entre ellas el bordón y el sombrero de peregrino. En memoria del que fuera un monje sabio y bueno, sólo una cruz de palo con su nombre grabado por cuchillos navarros...

Muy triste fue emprender nuevamente la marcha. Las pesadas alforjas de fray Roderick colgaban a la espalda de Henri, recordando su ausencia. Don Guillaume parecía más cansado que nunca, y Endrina se estaba preguntando si podría llegar a Compostela. Demasiado duros comenzaban a parecerle los caminos que iban a

Santiago. Pero don Guillaume debía de tener mayores fuerzas en su espíritu que las que había en su cuerpo, porque mirando a Endrina, y viendo su tristeza, quiso olvidar la suya:

—Largos son los caminos del peregrinaje, pero también hermosos; y recuerda, hija, que hay noches muy oscuras, y hay noches con estrellas. Y ahora cantemos, que el canto alivia pesadumbres y además fray Roderick no querría vernos tristes. Durante algunos días fue nuestro compañero, pero ahora comparte el gozo del Señor. Elevemos por ello canciones a los cielos, donde ya está su alma.

La voz de don Guillaume, aunque débil, aún se sentía hermosa. Cantaba al amigo perdido; pero también cantaba a la vida que seguía adelante. Las voces, claras y alzadas, de Endrina y Henri se unieron a su canto. *Juan sin cuitas* empezaba a ladrar. «¿También cantará él?», se preguntó Endrina.

Canciones y montañas... Y al fin, detrás de un altozano, divisaron Estella.

—¡Estella la hospitalaria! Rica en pan, carnes y pescados; llena de toda clase de felicidades. Así dice el *Libro de los peregrinos que van a Santiago* —exclamó don Guillaume.

Luego, cruzando entre vegas que ya esperaban siembras, comenzaron a oír a lo lejos alegres sonidos de campanas. Los tañidos y las tierras labradas le parecían a Endrina mensajes de esperanza, pero también había inquietud en su ánimo: ¿se podrían detener ahora en Estella o seguirían huyendo nuevamente de aquel conde de L'Aube?

Entraron en la ciudad por la puerta de San Agustín, a cuyos muros había un hospital de peregrinos en el cual encontraron refugio.

Pero antes de tomar descanso, determinaron acudir a alabar al Señor a la iglesia de San Pedro. Cruzando el puente sobre el río Ega, el de las aguas dulces, según decía el *Libro de los peregrinos*, don Guillaume marchaba disgustado, porque en el templo no podrían hacer ofrenda alguna de velas o de bálsamo, como era costumbre de todos los romeros, pues ni una sola moneda les quedaba.

Henri trataba de levantar sus ánimos:

—No os alteréis por ello, don Guillaume, que ya veremos la forma de obtener algunos dineros.

—Hallaremos monedas para hacer las ofrendas, don Guillaume, ya veréis —añadió Endrina, pensando avergonzada que no tendrían otro medio que el de tender la mano pidiendo caridad.

Pero sin dineros llegaron al barrio llamado de los franceses y cruzaron la rúa* de las tiendas. Les salieron al paso, igual que en todas partes, artesanos y comerciantes, hablándoles en la lengua de Francia.

También había gran alboroto en la plaza de San Martín de los Franceses... Risas, voces alzadas, disputas... De pronto oyeron tintineos repetidos de varias campanillas y un canto juglaresco; pero la canción carecía por completo de ingenio y los saltos del juglar no se alzaban un palmo; su cuerpo se movía sin gracia ni donaire... Sin embargo, había un corro en derredor, y cuando luego pasaba su sombrero, se podía escuchar el canto alegre de las monedas cayendo unas sobre otras.

—¡Por Santa María, don Guillaume, que habréis de tener dineros y sueldos suficientes para hacer vuestra ofrenda! —exclamó Endrina con los ojos brillantes, quitando con prisas redobladas las cuatro cencerritas que pendían del collar de *Juan sin cuitas*.

«¡Oh, Dios! ¿En qué estará pensando este osado ratoncillo de campo?», se preguntaba Henri. Pero allí estaba Endrina, agitando cascabeles al aire, trenzando pasos altos como vuelos de pájaros, cantando con voz de alegría...

—¡Oh, mi pequeño y sagaz ratoncillo, no hay otra mente parecida a la tuya! —rió Henri uniéndose a su danza.

¡Con cuánta prontitud se formó un corro de curiosos viendo tan alegre y desigual pareja! Endrina, pequeña y ágil, lo mismo que una ardilla, con los ojos y las trenzas tan negros, azuleando al viento como fruto de arándano, y Henri, tan grande y colorado como un oso de piel bermeja...

Don Guillaume los miraba con gozo y *Juan sin cuitas* iba de un lado a otro dejando en todas partes ladridos jubilosos...

¡De qué forma crecía en derredor el corro de franceses, de judíos, de peregrinos...!

Al cabo cesó el baile, y serenó la plaza con el dulce sonido de la flauta de Endrina. La voz sonora y honda de Henri Bernat llenó después todo el recinto y acalló los últimos clamores; cantaba a la manera que solían hacerlo los trovadores de tierras de Provenza. Los peregrinos llegados desde Francia olvidaron sus rezos, y los otros franceses, artesanos, comerciantes, mercaderes..., que lo mismo que tantos otros habían hallado hacienda y casa en algún lugar próspero del camino que iba a Compostela, recordaron de pronto las tierras de sus padres. La canción se les metía en el alma:

Con la dulzura del tiempo nuevo
se cubren los bosques de hojas, y los pájaros
cantan, cada uno en su lenguaje,
según el verso del nuevo canto.
Bien está entonces que cada cual se torne
hacia aquello que más desea.
....
A nuestro amor le ocurre igual
que a la rama del blanco espino,
que, temblorosa sobre el árbol,
de noche está, bajo la helada lluvia,
hasta que al día siguiente el sol se extiende
por las verdes hojas, por la rama.

Cuando se extinguieron los ecos de aquel canto, la emoción silenciosa se sentía en el aire...

Después, ¡qué alegría de monedas cayendo en el sombrero!

—¡Por Santa María, don Guillaume, cuántas velas de cera ofrecidas en la iglesia de San Pedro...! Y todavía habrán de quedar buenos dineros para aliviar durezas del camino —exclamaba Endrina alborozada.

Marchando hacia San Pedro, Endrina recordaba la canción que había cantado Henri:

... A nuestro amor le ocurre igual
que a la rama del blanco espino,
que, temblorosa sobre el árbol,
de noche está, bajo la helada lluvia,
hasta que al día siguiente el sol se extiende
por las verdes hojas, por la rama.

¿Y qué era aquello que sentía palpitar en su pecho...?

¿La rama blanca del espino temblorosa en la noche? Para San Juan de junio tendría quince años, y abril iba más que mediado. Y aquel grande oso bermejo, ¿por qué cantando la miraba? ¿Sería el sol sobre las verdes hojas, sobre la rama?

En San Pedro, Endrina alababa al Señor entre ofrendas de ceras:

Te Deum laudamus;
te Dominum confitemur.

(A vos, oh, Señor, os alabamos; / a vos, oh, Señor, os reconocemos.)

Te Aeternum Patrem
omnis terra veneratur...

(A vos, Eterno Padre, / venera toda la tierra.)

Los ojos de Henri Bernat la seguían mirando, y Endrina se sentía dichosa.

Saliendo de la iglesia, la noche ya estaba prendida de lo alto, y una estrella fugaz cruzó el cielo de abril. Endrina recordó de pronto a fray Roderick y su dicha empezó a hacerle daño.

—Aún esta mañana estaba con nosotros, y ya comenzaba a olvidarlo... —susurró con pesar, sin haber advertido que Henri se encontraba a su lado.

—Dicen que una estrella que corre por los

cielos es un alma que acude al encuentro de Dios —murmuró.

Y el corazón de Endrina halló alivio pensando en el gozo del buen monje en aquel camino luminoso que subía hasta el Señor.

Quedaron en Estella durante dos jornadas completas. ¡Al fin, descanso y baño de todo el cuerpo en tina de agua caliente!, y bálsamo para los pies llagados.

Don Guillaume se hallaba en un mayor sosiego, y la causa fue que llegando peregrinos desde Puente la Reina, trajeron la noticia de que el conde de L'Aube, habiendo sufrido una mala caída del caballo, se lastimó una pierna, y aunque la herida no fuera de mucha gravedad, el sabio médico judío que lo tomó a su cuidado le tenía prescritos al menos diez días de quietud.

Don Guillaume nada dijo, pero Henri se alegró de tal modo que comenzó a dar saltos allí mismo.

Fueron dos jornadas dichosas. Endrina y Henri recorrían, cogidos de la mano, desde un extremo a otro la ciudad de Estella. Se detenían durante mucho tiempo en el barrio que decían de los franceses, y allí cantaban y reían en compañía de comerciantes y artesanos. Henri estaba tan contento entre éstos, que no hacía otra cosa sino hablar sin medida de las tierras de Francia:

—Si lo vieras, Endrina, ¡qué hermoso es el Camino de los jacobitas* en aquellos lugares! Cientos de hospitales para los peregrinos, muchos más monasterios, iglesias a millares, altísimas, enormes..., con profusión de altares de santos milagrosos: San Trófimo de Arlés, San Martín de Tours, Santa Fe de Conques, San Gil, Santa María Magdalena de Vezelay... y la de San Sernín de Toulouse, tan grande que los templos de España, todos juntos, entrarían en él y aún quedaría algún lugar de sobra...

Endrina lo miraba con ojos incrédulos:

—¿No sabes, grandísimo embustero, que en las tierras de España hay ríos que tienen extrañas propiedades? Tiembla, si hemos de cruzar sobre alguno, porque suelen alzar sus aguas al paso de aquellos que cuentan tan enormes mentiras, y después los envuelven sin piedad entre sus olas... ¡Ay, pobre Henri! Ya estoy viendo tu cuerpo sepultado en uno de estos ríos, que dan en llamar de las mentiras.

Pero aquellas jornadas terminaron demasiado pronto, que el tiempo tiene alas cuando es de alegría. E iniciando el camino, la suerte se les volvió de espaldas, pues peligros y cuitas ya les tenían tendidas sus celadas.

8. UN CAMINO DE NIEVE

Partieron con el alba, en buena y nutrida compañía de romeros franceses y teutones. Atrás quedaba Estella, coronada de montes, cruzada por un río de aguas dulces, extendiéndose en vegas... Atrás quedó también su afamado castillo, y el, por todos nombrado, monasterio de Irache.

En Irache, las campanas doblaban porque había muerto un monje, y Endrina volvió a pensar en fray Roderick.

El día, como si también supiera de muertes, nacía tristemente, ocultando sus cielos entre nubes de color violeta. Subiendo sierras, un viento helado tomaba por delante al grupo peregrino. Parecía que el invierno había vuelto.

Cercanas estaban ya las tierras de Castilla; cercanas y frías, según estaba pareciendo. Marchar por los montes arriba era empresa difícil; los peregrinos se apoyaban los unos en los otros para prestarse ayuda y compartir un poco del calor de sus cuerpos. *Juan sin cuitas* ladraba débilmente. «¿También tendrá él frío, a pesar de sus lanas, o será miedo al viento?», se preguntaba Endrina. Como seguía con quejas, lo tomó en los brazos.

Después de haber bajado de los últimos montes, el paisaje se hacía más extenso: campos de labor y altos árboles... Estando en la llanura se aliviaban temores; pero también tenían delante de los ojos toda la inmensa largura de un camino al que no veían fin. Los cielos, extrañamente bajos, se sentían pesar sobre los ánimos...

Don Guillaume se apoyaba en Henri, y éste tendía su mano a Endrina.

La canción peregrina se perdía en los campos:

¡Herru Sanctiagu!
¡Got Sanctiagu!
¡E ultreia, e sus eia!
Deus, adiuva nos.

—¡Más alto, más alto!, que se oiga allá arriba, donde moran los santos.

Endrina quería quebrar con cantos de romeros aquel cielo tan bajo, que no parecía cielo sino manto de tierra.

De pronto comenzaron a caer los primeros copos. ¿Nieve, estando mayo anunciando sus días? Los peregrinos miraban asombrados. La tarde, apenas iniciada, se les mudaba en noche. ¡Por Sant Yago, de qué modo crecía la oscuridad!

—Ya no deben de quedar más de dos leguas escasas hasta el próximo lugar de Los Arcos; marchando con presteza, llegaremos antes de que toquen a vísperas* —afirmó alguien.

—¡Dos leguas todavía! —murmuró con desánimo un peregrino.

—No son mucho dos leguas —añadió Henri.

—No lo serían con buen tiempo y piernas fuertes —aventuró una mujer.

—La nieve dificulta la marcha —murmuró alguien.

—Muchas veces la nieve, pasado corto tiempo, se suele deshacer en agua mansa —exclamó Endrina para aliviar asustados espíritus.

Pero los copos caían y seguían cayendo, y no como agua mansa, sino como espesa lluvia de albas plumas... Los suelos ya se teñían de blanco, y huellas peregrinas marcaban los caminos para quedar cubiertas en seguida...

Juan sin cuitas, sin embargo, no sentía zozobras, y ladraba a la nieve tratando de atrapar los copos en el aire... Algunos peregrinos, viéndolo tan contento, olvidaron apuros y marcharon de prisa. Endrina y Henri procuraban dar ánimos a aquellos que no los tenían:

—¡Cantemos, hermanos, que pronto habremos de llegar a Los Arcos!:

¡Herru Sanctiagu!
¡Got Sanctiagu...!

Pero la nieve arreciaba y también arreciaba la fuerza de los vientos. El camino, que igual que en otros lugares era a veces calzada de piedra y a veces sendero de tierra, ya empezaba a cubrirse, y avanzando no hallaron por delante sino una inmensa y blanca llanura. Los romeros se miraban los unos a los otros con creciente inquietud:

—¡Aprisa, hermanos...!

Pero las prisas no servían para nada; parecían estar siempre en el mismo lugar y un punto era igual al otro punto... El desasosiego se leía en sus rostros, porque la nieve ya no era sólo un manto ligero, sino blanca espesura que llegaba a cubrirles las rodillas.

—Por estos parajes ha debido de nevar durante mucho tiempo —murmuró un peregrino.

—¡Por Saint Jacques! ¿Dónde están los *montjoies**?

¡Oh, Dios! ¿En qué lugar estaban los *montjoies* que de un trecho a otro trecho marcaban los caminos?

Piedra a piedra los alzaron antiguos peregrinos para que después fueran guía de aquellos hermanos que llegaban tras ellos. Cada piedra que el viento desprendía, otro peregrino la volvía a su lugar..., y así eran conducto y marca... ¿Dónde estaban ahora? Nada tenían delante, ni *montjoies*, ni calzada, ni sendero, sólo blanca llanura silenciosa... ¿Qué podían hacer?

—Tenemos que seguir; Saint Jacques y la Virgen Gloriosa nos abrirán camino —exclamó un joven peregrino francés.

—Tenemos que seguir; Saint Jacques ayudó a otros romeros en trances semejantes —añadió Henri.

—Seguir, pero ¿hacia dónde? —les preguntó un anciano.

—¿Y si el camino torciera a la diestra? ¿Y si en cambio sigue recto o dobla a la siniestra? —inquirió don Guillaume.

¡Qué helado desaliento en todas las miradas...! ¿Hacia dónde seguir...?

—¡Tenemos que volver! —dijo de pronto Endrina.

—¿Volver, Endrina? —preguntó Henri, sin entender aquello que decía.

—¿Volver...? Es mayor la tarea de desandar lo andado que seguir adelante —dijo, también sin entender, don Guillaume.

—Volver sería cosa de locos. No sabemos en qué lugar está nuestro camino; pero andando adelante puede que la Gloriosa nos guíe hasta Los Arcos. Volviendo entraremos en los ásperos montes de los que ya salimos, y además ahora con las fuerzas menguadas —añadió un joven y animoso romero.

—Tenemos que volver —insistió Endrina con voz determinada—. Hace muy poco tiempo, apenas el rezo de tres o cuatro credos, había por detrás *montjoies* descubiertos; si volvemos con prisas quizá los hallemos todavía sin cubrir; desde allí alzaremos la nieve, buscando otros *montjoies* que nos sirvan de guía; será pesado y duro, pero seremos muchos para hacer tal trabajo...

—Tiene buen entender la peregrina; no en todos los lugares se desprende la nieve de las nubes con las mismas fuerzas —exclamó otro joven romero.

A esta voz se unieron otras voces:

—¡Volvamos! ¡Volvamos...! ¡Aprisa, volvamos...!

Pero era de gran dureza volver por caminos ya andados, y aún más sin saber si podían hallar lo que iban buscando. ¡Qué triste vuelta de apresurados pasos sobre blanco desánimo!

Y de pronto, un grito jubiloso:

—¡Un *montjoie*! ¡Un *montjoie*...! Corred, corred, hermanos.

Después, partiendo de aquel primer *montjoie*, un ingrato buscar entre la nieve con todos los bordones, ancianos, niños, jóvenes...

—¡Buscad! ¡Buscad...!

Qué alivio cuando alguno gritaba: «¡Otro *montjoie*...!». Lenta, pesadamente, seguían buscando, con hábitos mojados, tiritando de frío... Por aquí, por allá... Un *montjoie*, después otro *montjoie*...

Pero ¡por Dios!, ¡qué tarea tan ardua ir abriendo caminos con la nieve cayendo y la tarde avanzando!

—No debe de quedar para Los Arcos mucho más de una legua —decía alguno para aumentar los ánimos.

Una legua no solía ser mucho para pies descansados y cuerpos secos; pero parecía no llegar a su fin en campos solitarios y azotados por recia tempestad... Entonces, a pesar de letanías y rezos, la fe en la Gloriosa y en Sant Yago, en otra hora tan viva y tan segura, yacía sepultada como la hierba tierna debajo de la nieve.

—¡Buscad aprisa, hermanos, buscad!

Pero los más ancianos apenas tenían fuerzas, y en los ojos de algunos se podía leer que se sentían perdidos por fuera y por dentro.

—Seguid, hermanos, marchad sin mí; cansado tengo el ánimo y las fuerzas del todo consumidas —murmuró de pronto una anciana peregrina.

—Mis pasos retrasan vuestros pasos; dejadme a mí también, que aquí acudirá el Ángel del Señor a buscar nuestras ánimas —añadió otro anciano romero.

—¡Por Saint Jacques que no he de consentir un hecho semejante! —exclamó Henri.

—Si vos tenéis los ánimos perdidos, yo los tengo doblados —dijo después Endrina, tomando de la mano a la anciana romera.

Un joven peregrino cargó sobre sus hombros el cuerpo sin fuerzas del anciano, y lo mismo hicieron otros con aquellos que ya desfallecían.

Henri quiso tomar a don Guillaume, pero él movió obstinado la cabeza.

—Los hay más cansados y ancianos; ayuda a quien le sea necesario, hijo mío.

Y el buen Henri tomó sobre sus hombros unas veces a unos y otras veces a otros.

Los ojos de Endrina lo miraban: allá iba adelante, sin demostrar cansancio, soportando el peso de otros cuerpos, levantando al mismo tiempo *montjoies* escondidos.

De pronto se hizo un silencio de esperanza: alguien había creído oír algún sonido extraño... Luego un grito de júbilo, seguido de otros gritos:

—¡Campanas!

Campanas, con la tarde cayendo, que anunciaban a agotados romeros que el lugar de Los Arcos estaba ya muy próximo...

Campanas, y en un campo de nieves, la alegría de cantos peregrinos:

¡Aleluia!,
gratulemur et laetemur
summa cum laetitia...

(¡Aleluya!, / alegrémonos gozosos / con alegría santa...)

9. SAN MILLÁN DE LA COGOLLA

Después de una sola jornada de descanso en Los Arcos, siguieron la marcha hacia Logroño, pues don Guillaume tenía grandes prisas por llegar al monasterio de San Millán y cumplir lo que fray Roderick les había encomendado.

Nada sucedió digno de mencionarse durante aquel camino, sino que el día amaneció hermoso y la nieve empezaba a fundirse, descubriendo senderos soleados.

Después, Logroño y el gran puente sobre el Ebro, con sus doce arcos y sus tres torres, que años atrás hiciera levantar aquel buen santo caminero llamado Domingo de la Calzada.

Y tras Logroño, Nájera, con la hermosa iglesia de Santa María la Real, panteón de reyes de Navarra. En Nájera acaeció un hecho curioso, en apariencia de muy poca importancia, pero que sumió a Endrina en meditaciones y acrecentó las dudas que otras veces ya tenía sentidas. Estaban en el hostal de peregrinos pobres; y se hallaban sentados a la mesa para dar cuenta de una ligera comida; de pronto oyeron decir que el obispo de Chartres, que iba a Compostela, se había detenido en la ciudad para saciar con vasallos y siervos el hambre y la sed del camino. Endrina observó, con gran asombro, que don Guillaume y Henri mudaban de color, de igual manera que solían mudarlo cuando oían hablar de aquel conde de L'Aube de quien los dos huían. Y luego no quisieron salir del hospital hasta mucho después de tocadas las vísperas. «A causa del cansancio», decía Henri. Pero Endrina estaba bien segura de que no había caminos en el mundo que pudieran cansar a tan grande y fuerte oso bermejo... ¿Quién era aquel conde francés, quién era aquel obispo? ¿Qué pleitos tenían el uno y el otro? ¿Por qué temían de ambos...? Se volvía a hacer preguntas que no tenían respuesta. Pero llegó a olvidarlas prontamente, pues vinieron a apretarle los ánimos mayores inquietudes; y fue porque rompiendo el alba del día siguiente, metidos ya en camino, observaron que don Guillaume sufría de una tos honda y seca que arreciaba avanzando las horas, y que muy pronto le tomaban el cuerpo ahogos y vahídos.

¡De qué modo se alargaba el camino para Henri y Endrina viendo la postración de don Guillaume! Pero, ¡al fin!, allí estaba San Millán de Yuso, asentado en un llano abrigado por montes. ¡Qué alivio verlo alzarse, tan fuerte y tan sereno!

Sin embargo, aún tuvieron que pasar por tierras bien labradas, por granjas florecientes con rebaños de vacas y de ovejas, por praderas muy anchas donde pacían bueyes, por molinos que rompían las aguas con sus vueltas sin pausa... Toda aquella riqueza pertenecía a San Millán, el monasterio nombrado en todas las Españas, al que los reyes de Castilla y Navarra concedían privilegios y grandes donaciones de tierras y de villas. Todo el mundo sabía que ciudades enteras le hacían enormes donativos de ovejas, bueyes, vacas, de aceites, de caza, de pescados... Y no se podía hallar campesino ni noble en muchas leguas en derredor que no pagara pechos... a San Millán.

Llegando al monasterio, don Guillaume no se podía sostener sobre las piernas. A Endrina y Henri la voz del hermano pobrero* les pareció música celestial:

—*Benedicamus Domino.*

—*Deo Gratias* —respondió débilmente el peregrino enfermo.

Menos de un *Pater Noster* tardó luego el buen monje en llevarlos hasta la enfermería. Su voz amiga les alzaba los ánimos:

—Pasad en buena hora, hermanos, que en nombre del Señor os recibimos. Y vos, no tengáis zozobra alguna, que descanso y sosiego remediarán los males que os aquejan.

—¡El códice de fray Roderick, Henri! Entrégalo con presteza al abad —exclamó don Guillaume entre nubes de fiebre.

¡El códice de fray Roderick! Inquietándose a causa del mal de don Guillaume, lo habían olvidado.

No fue tarea sencilla para dos peregrinos de tan humilde porte y de tan pocos años llegar hasta el abad. Pero tampoco lo era pedir o dar razones a tan grande y tozudo oso bermejo; ni en manos de portero, custodio o copista iba a dejar el códice, ni siquiera lo entregaría al prior; al abad había dicho don Guillaume, pues en manos del abad únicamente había de dejarlo.

El claustro no solía ser lugar de peregrinos pobres; pero en él se encontraban de espera Endrina y Henri. Era aquél un recinto de paz y de silencio, igual que remanso de río; desde fuente cercana les llegaba el suave rumor de las aguas fluyendo, y el aire, soplando mansamente entre arcos de piedra redondos, les traía un limpio olor a monte.

Endrina y Henri hablaban en susurros, temerosos de quebrar tanta calma.

El abad era alto y enjuto, de mirada tan honda y tan distante que, en un primer momento, no se podría decir el color que tenían sus ojos. Sus labios eran rectos y finos, y parecían dispuestos para decir solamente las palabras precisas. Por su porte, tan solemne y severo, recordaba al ciprés. Endrina tenía los ánimos menguados contemplando la majestad del hombre que tenía delante; a su lado, Henri parecía más oso y más bermejo que nunca; pero se sentía tranquila teniéndolo cercano.

Sin embargo, al joven peregrino no parecía alterarle mucho la autoridad del monje; serena y sencillamente, después de haber besado, con la rodilla en tierra, el anillo de su mano extendida, tendió a su vez el códice que era tesoro preciado para aquel monasterio.

—Nos lo dio para vos fray Roderick de Chester... —murmuró.

Los ojos del abad parecieron regresar con presteza de algún lugar lejano.

«Tienen el color pardo», pensó Endrina.

—¿Fray Roderick de Chester? —preguntó con asombro.

—Murió a orillas de aquel río al que llaman Salado. Sólo la inesperada muerte fue capaz de impedirle llegar a San Millán a devolver su préstamo —explicó Henri.

—¡Fray Roderick de Chester...! Mi buen amigo... —murmuró el monje, tomando el códice con manos alteradas.

Endrina observó que el color de sus ojos se volvía más oscuro.

Pero las campanas comenzaron a llamar al rezo de las horas*, y la mano del abad, en muda despedida, se alzaba bendiciendo. Sus ojos volvían a no tener color.

El mal de don Guillaume fue largo; pero los muchos cuidados del hermano enfermero, además de hierbas, polvos medicinales y ungüentos, le presentaron muy reñida batalla, y al cabo comenzaron a vencerlo. Henri no se movía de su lado, y mientras tanto, Endrina vagaba libremente por las estancias del monasterio que no estaban reservadas a los monjes.

San Millán era riqueza y trabajo: campos de hortalizas, inmensos trigales, viñedos, hornos de pan, molinos de agua, montes madereros, pastizales... y un constante rebullir de idas y venidas, de carros entrando y saliendo cargados con granos, harinas, carnes, pescados, vinos, frutos, telas... Las voces de artesanos y campesinos se oían constantemente en corrales, cocinas y patios.

También llegaban al monasterio otras muchas gentes que querían postrarse delante de aquella arca de precioso y tallado marfil que contenía las reliquias del gran San Millán... Eran gentes diversas venidas de distintos lugares; los había sanos y enfermos, ricos y pobres...

Un día estaba Endrina en el atrio del templo oyendo el canto de las horas. Algo comprendía el latín de la Iglesia, porque aquel fraile loco de sus valles de Carlos solía recitarle oraciones y salmos.

En el coro los monjes alzaban al Señor sus voces de alabanza:

El Señor es mi pastor, nada me faltará...
A lugar de hermosos pastos
me ha conducido...
Mesa abundante ha dispuesto delante de mí,
a la vista de mis perseguidores...

A Endrina le parecía hermoso; estaba ausente de este mundo escuchando sus cantos... Y de pronto, un ruido de voces y de cascos, quebrando el silencio del patio, la devolvió a la tierra. Era la mayor comitiva que había visto en su vida...

«El duque de Borgoña», oyó que decían los criados. Corrió alegre y excitada en busca de Henri, y lo fue a hallar junto al lecho de don Guillaume.

—¡Vamos, aprisa, Henri; verás qué fuertes y de qué gran alzada son los caballos del duque de Borgoña...!, ¡y cuántos caballeros le hacen compañía...!, ¡y trovadores, Henri!, y ¡halconeros...!

Interrumpió su charla el temor que leía en los ojos de criado y señor; don Guillaume y Henri, oyéndola, habían palidecido.

—No tengo hoy los ánimos para apreciar bellezas de caballos —murmuró Henri a manera de excusa.

—Pues oigamos entonces cantos de trovadores.

—Tampoco deseo oír trovas, Endrina; me duele la cabeza...

¡Por Sant Yago, que allí también tenían temores!

Así pues, no huían únicamente de aquel conde de L'Aube ni del obispo de Chartres... Endrina de pronto recordó que cuando al monasterio llegaban viajeros sin séquito o juglares sin amos, Henri solía disfrutar con ellos y oía con muy grande placer sus canciones e historias. Sin embargo, cuando eran peregrinos de casas nobles, con grandes compañías de vasallos y siervos, y más aún si venían de las tierras de Francia, no aparecía por lugar alguno, y al fin solía encontrarlo pegado a don Guillaume, ambos con malas caras y ánimos inquietos y caídos.

¡Por Dios, que ya no sabía lo que debía pensar! Su mente estaba confundida, y tenía en la cabeza mucho más alboroto que el que solía formar un concierto de grillos en noches de verano. No lograba entender que don Guillaume y Henri, portando cosa de gran valor, alejaran sus pasos de pasos de señores... ¿De qué huían, entonces, de alguien o de algo?

De todas formas, olvidó pronto sus cavilaciones, porque San Millán era sobre todo un lugar de ciencia al que acudían sabios de todo el mundo, y calígrafos y miniaturistas expertos para copiar los textos y las ilustraciones de los famosos códices del monasterio. ¡De qué modo hubiera Endrina querido ser uno de ellos para tener nuevamente un libro entre las manos! Los ojos se le iban tras ellos cuando los veía marchar al *Scriptorium*.

Fray Juan de Villanueva, el buen portero, solía mostrarle algunas de las hojas todavía sin letras ni figuras que estaban fabricadas con pieles de cordero, y aun aquellas otras, mucho más raras, hechas en paños macerados, o las que llamaban de papel.

Sin embargo, no era suficiente: Endrina quería tener un códice ante sus ojos, y aún más que eso, deseaba entrar en el *Scriptorium* donde trabajaban calígrafos y copistas. Pero ¿cómo podría lograrlo si aquél era un lugar prohibido a los peregrinos? Aunque la empresa era difícil y arriesgada, decidió llevarla a cabo, y pasaba las horas pensando en ello.

Sabía, porque se lo había dicho fray Juan de Villanueva, que fray Marcos de Vitoria, el bibliotecario, cerraba la puerta con dos vueltas de la llave que luego guardaba entre sus ropas; pero también sabía que, como era ya hombre viejo, alguna vez se olvidó de ello y la puerta quedó abierta. Y en eso tenía puestas sus esperanzas. Quizá se olvidara nuevamente y pudiera entrar en secreto en el *Scriptorium*. Se dijo que el mejor momento para intentarlo sería cuando los monjes estuvieran todos en el refectorio*.

Durante diez días seguidos se deslizó rápida y sigilosamente desde la hospedería de peregrinos al claustro y de allí al *Scriptorium*, y siempre halló la puerta cerrada; pero al undécimo un suave chirrido hizo que su corazón latiera apresurado. Empujó con fuerza, y la puerta se abrió de par en par.

El *Scriptorium* era una estancia estrecha y larga, con pupitres y asientos situados cerca de las numerosas ventanas. Sobre cada pupitre había recipientes con tintas de colores y plumas de oca, además de hojas de pergamino a medio escribir; todavía estaba fresca la tinta en alguna de ellas, y ¡qué vivos y alegres eran los colores de las miniaturas!

Al lado de los pupitres había atriles con los códices que debían ser copiados. Endrina iba de uno a otro, admirándolos, sin pensar en el tiempo. De pronto oyó un rumor de pasos acercándose: ¡los monjes ya habían terminado su comida! Sin pensarlo, empujó una puerta, que estaba en el lado oeste del *Scriptorium*, y se encontró en la pequeña estancia donde se guardaban los famosos códices del monasterio.

Cuando pudo acallar los latidos de su corazón, miró en derredor y observó que en estantes adosados a las paredes había al menos un centenar de libros. Los tenía al alcance de la mano, pero no se atrevía a hacer ni un solo movimiento.

Mucho tiempo permaneció inmóvil y asustada, pensando qué sucedería si alguien la descubría en aquel lugar en el que sólo podían entrar el abad y el bibliotecario. De pronto la puerta se movió y Endrina sintió que sus piernas temblaban; pegada al quicio esperó a que se abriera.

El bibliotecario entró varias veces seguidas para disponer en los estantes los códices que estudiosos y copistas habían utilizado durante la jornada; pero siempre dejó la puerta entreabierta, y Endrina pudo permanecer oculta entre la pared y una de sus hojas. Cuando por fin el monje cerró a sus espaldas, y oyó en el *Scriptorium* el rumor de unos pasos que se alejaban, se dejó caer en el suelo y respiró aliviada.

Pero una nueva zozobra la hizo levantarse de un salto: ¿cómo iba a salir ahora del recinto?

¿Se habría dejado el bibliotecario nuevamente abierto el *Scriptorium*?

Con el corazón acelerado salió de la biblioteca. En el *Scriptorium* todo era orden y silencio. Endrina sólo oía el zumbido de sus pulsos. Cuando empujó la puerta, sintió que sus ánimos se encogían: ¡la llave estaba echada!

Y ahora, ¿qué podía hacer? Tendría que pasar allí la noche, y lo que era mucho peor que eso, cuando a la mañana siguiente regresaran los monjes, sería descubierta y castigada.

¿De qué modo podría salir del *Scriptorium*? Cientos de ideas iban y venían a su mente, pero todas eran igualmente irrealizables y absurdas. Angustiada, se dejó caer en uno de los asientos de los copistas y de pronto la luz se encendió en su interior: ¡aquel lienzo oscuro que tenía al alcance de la mano y que debía de ser para limpiar las plumas podía servirle de improvisada capucha! Con su traje de peregrina y la cabeza oculta bien podría parecer un joven monje. Escondida tras la hoja de la puerta esperaría a la mañana siguiente que copistas y calígrafos volvieran al *Scriptorium*. Cuando entrara el último de ellos, saldría de su escondite y se situaría detrás de él; quizá nadie lo advirtiera. Luego, mientras preparaban los útiles de su trabajo, seguramente podría salir de la estancia sin ser descubierta.

Poco a poco su espíritu se fue calmando y, como no le quedaba otro remedio que pasar la noche en el lugar, volvió a la biblioteca.

Aunque el sol empezaba a declinar, aún le dio tiempo de tener muchos libros entre sus manos: una biblia latina, un salterio de preciosas miniaturas, un libro de horas escrito con extraños caracteres, las *Etimologías* de San Isidoro, las *Epístolas* de San Gregorio, el códice de las *Comedias* de Terencio... Eran libros preciosos que nunca soñó tener entre sus manos y cuyos títulos desconocía. Embriagada de letras y colores, dejaba uno para tomar otro, y de pronto halló aquel que fray Roderick de Chester les había encomendado.

No solía ser miedosa; pero a medida que

avanzaban las sombras de la noche su inquietud aumentaba. Cualquier pequeño ruido la sobresaltaba: ¿qué era aquel crujir de madera sobre su cabeza?, ¿por qué aquel continuo graznar de los pájaros?, ¿por qué el viento en la distancia le recordaba ahora rugidos de amenaza? Al fin el cansancio fue más fuerte que sus temores y se quedó dormida con la espalda apoyada en la puerta del *Scriptorium*.

Se despertó confusa y sobresaltada, y escuchó atentamente: ¡la llave se movía en la cerradura! Mientras se levantaba se preguntó con terror quién podría ser a aquellas horas. Un monje no, porque por las ventanas aún se veían las estrellas y la estancia estaba a oscuras. ¿Quién entonces...? Pero no pudo hacerse muchas preguntas porque la puerta se abrió de golpe. A la luz débil de un cirio sólo distinguió una sombra difusa y unas manos fuertes que se alargaban hacia las suyas. Después la luz se apagó y Endrina únicamente advirtió que alguien la arrastraba por pasillos y escaleras con grandes prisas.

El miedo paralizó su lengua y sus pensamientos, y sólo cuando se encontró en la cocina del monasterio reconoció la figura amiga de fray Juan de Villanueva; pero esta vez los ojos, siempre mansos, del monje la miraban airados.

Endrina bajó los suyos, apesadumbrada, y esperó el castigo que reconocía justo.

Durante algún tiempo, en la cocina solamente se oyó la respiración agitada del monje; después el silencio se quebró con unas palabras que no eran las que Endrina esperaba oír:

—Ahora, come, que no es bueno irse a dormir con el estómago vacío.

Endrina miró sorprendida la escudilla de sopa que tenía delante y luego alzó la mirada. Los ojos de fray Juan de Villanueva, aunque todavía severos, volvían a ser mansos.

—Condenada moza, en qué aprieto me has puesto —exclamó, mirándola—, y cuánto hemos penado pensando en ti. Cuando Henri te echó en falta, te buscamos por todas partes. Ni monjes, ni servidores, ni peregrinos te habían visto, y ya temíamos alguna desgracia cuando recordé las palabras que tantas veces me dijiste y que yo tomé a chanza: «Algún día también yo conoceré el *Scriptorium*, ya lo veréis...». ¡Ay, Endrina, Endrina!, por tu causa entré en la celda de fray Marcos de Vitoria y hurté la llave que ocultaba entre sus ropas; por tu causa he de devolvérsela ahora; por tu causa no he asistido esta noche al rezo de maitines, y por tu causa tendré mañana que mentir al abad para excusar mi falta. Y también por tu causa tendré que ayunar al menos durante un mes para que Dios y San Benito me perdonen —añadió, suspirando.

Endrina miró el cuerpo redondo del buen monje y volvió a sentirse apesadumbrada, pues bien sabía de qué forma había de serle dura semejante penitencia.

10. BURGOS

Partieron de San Millán al amanecer del último día de mayo. Larga había sido la estancia en el monasterio, y en él se dejaron muchos y grandes amigos.

Marchaban en compañía de algunos peregrinos y una vieja buscaperdones*.

Olalla, la buscaperdones, tenía las espaldas cargadas de años y trabajos; pero la mente en orden, los ojos bien abiertos a toda cosa bella y el corazón ardiente y esforzado, dispuesto a latir todavía durante mucho tiempo. Diecinueve veces, desde que era apenas una moza, acudió a Santiago a cambio de maravedises* para cumplir promesas y pedir perdones que no eran suyos. Pero ahora que iba la veintena, acudía en su propio provecho. ¡Aquélla era la peregrinación de Olalla!

Por eso marchaba con mayor júbilo y mayores ánimos que la primera vez, y su voz, alzada y clara a pesar de los años, parecía en la mañana campana nueva tocando a laudes. Y cuando no cantaba, narraba milagros y hechos prodigiosos en cualquier lengua, pues muchas aprendió durante tantos años en el peregrinar. Pero nada sucedió digno de ser contado hasta llegar a Burgos.

«*¡Te Deum laudamus!*», cantaban los peregrinos cruzando el río sobre el puente que llamaban de los Franceses.

Iglesias, hospitales, monasterios, larga calle de tiendas, lugar de comerciantes y artesanos, posaderos, cambistas..., otras calles y plazas, y en ellas bullicio, gente saliendo al encuentro de romeros. Todo esto encontraron en Burgos, lo mismo que en Pamplona, lo mismo que en Estella, igual que en Logroño o que en Puente la Reina... Así solían ser las ciudades del camino que iba a Compostela: ¡comercio, alboroto y cantos peregrinos...! El alma hallaba alivio en ello después de haber andado durante todo el día por senderos y montes solitarios.

En Burgos había también gran afluencia de clérigos y nobles, muchos de ellos de las tierras de Francia, y por esta causa ni don Guillaume ni Henri salían del hospital de peregrinos pobres. ¿De quién, pues, se estarían ocultando? ¿Cuántas veces se lo había preguntado Endrina, sin hallar motivo? ¿Sería a causa de aquello que guardaba con tan enorme empeño don Guillaume? ¿Irían por eso todos los grandes y los nobles de Francia en su búsqueda...? No parecía posible... Endrina cada vez se encontraba en mayor desconcierto.

Pero la vieja Olalla la sacaba de sus meditaciones, porque no había artesano o juglar que ella no conociera; ni plaza con bulla ni lugar con danza o canto que no frecuentara.

En los días que estuvieron en Burgos, Endrina rió con mayores ganas y oyó más dichos curiosos que en toda la peregrinación, y además conoció a buhoneros, pícaros y gentes de muy diversa calaña. Con todos hablaba la anciana Olalla y con todos hablaba también Endrina. Y mientras tanto, Henri, que era amigo de cualquier alboroto, permanecía con la mirada baja en el hospital de peregrinos, oyendo rezos de monjes durante todo el día. ¡Ay, de qué forma lo echaba Endrina en falta!

Entre las muchas gentes que conociera en Burgos, había dos buhoneros que eran grandes amigos. El uno, moro mudéjar, Abén Alí se llamaba, y el otro, cristiano viejo, Sancho el flaco le decían.

Aquél poseyó, en otros tiempos, hermosas tierras de pastos, con rebaños de ovejas y de vacas, en campos de Badajoz, y éste las tuvo, igualmente hermosas, en campos de la ciudad de Cuenca. Abén Alí las perdió un día de negruras en una algara* que hicieron los cristianos del reino de León, y Sancho el flaco, una triste mañana en la que moros del reino de Valencia salieron a una incursión por territorio enemigo.

Pasados los años y olvidadas las tristezas,

iban juntos por todos los caminos y tendían sus haberes en los mismos mercados. Hasta sus dos asnillos pastaban en amor y compaña.

En tal compañía, una tarde en que ya olía a verano, fueron Endrina y la vieja Olalla a contemplar las obras de Santa María de Las Huelgas.

Todo el mundo hablaba en la ciudad de aquella huerta hermosa que el rey Alfonso y la reina Leonor tenían para su descanso a orillas del Arlanzón, a menos de un cuarto de legua saliendo desde Burgos. Hicieron donación de ella a las monjas bernardas, y en aquel lugar se estaba construyendo un monasterio que, una vez terminado, habría de ser admiración de todas las Españas.

La obra tenía el sello de la Orden del Císter: elevada de naves, sencilla en su interior, con techumbre de bóvedas cruzadas y algún arco que apuntaba a lo alto. Endrina creía estar en un bosque de piedras: piedras ya cortadas, piedras para cortar..., pilares que se alzaban, pilares que ya estaban alzados... y un trasiego de maestros constructores, de albañiles, de artesanos, de escultores... Algunos habían venido de Francia, los otros eran castellanos, gallegos, leoneses, y hasta había moros mudéjares y gentes de la mozarabía..., y cada cual trabajaba según era costumbre en su región. «¡Qué hermosa era una obra! —pensaba Endrina—, cuánto trabajo ya hecho y cuánto trabajo todavía por hacer; parecía como un sueño que ya empezaba a verse realizado.»

La vieja Olalla estaba alegre; iba y venía, miraba en todas partes y hablaba con los unos y los otros. De pronto se volvió a Endrina:

—¿Sabías tú que la que sea nombrada abadesa de Las Huelgas no habrá de prestar obediencia ni a abad ni a obispo? Solamente al papa y al rey de Castilla, y aún he oído mucho más, pues dicen que abades y abadesas de otros monasterios inclinarán sus báculos ante su autoridad y besarán su anillo. Y la tal abadesa estará dotada de poderes amplísimos para proveer capellanías y beneficios y aun para otorgar licencia a los clérigos de confesar y predicar. Y si no fuera porque no hay mujer en este mundo que pueda decir misa y administrar sacramentos, tendría la misma autoridad que tienen los obispos...

—Estáis muy en lo cierto, madre Olalla, pues tanto ha de ser, según yo también he oído, la abadesa de este monasterio, que si el papa hubiera de casarse no habría otra mujer que estuviera más cerca de su altura —exclamó Sancho el flaco—. Y de no ser yo hombre, sería abadesa en Las Huelgas.

—Monja de las cocinas serías tú en Las Huelgas —rió Abén Alí.

—Si yo fuera monja de las cocinas, tú serías el capón o el cordero que guisara.

—Dejad ya vuestros pleitos y decid, si sabéis, alguna cosa más de este monasterio —solicitó la anciana Olalla.

—Se oyen tantos dichos que un día entero no tendría horas suficientes para contarlos. Sabed que va de boca en boca, y es cosa por muchos conocida, que estos beneficios, en todo extraordinarios, de que ha de gozar la abadesa, se deben a los muchos empeños de la reina Leonor, que es mujer esforzada y anda siempre metida en cosas de varones, aunque sea hembra paridora, pues ya acompaña al rey en las batallas, o ya le va con consejos en cosas del gobierno del reino —respondió Sancho el flaco.

—La reina Leonor siempre anda en pleitos en favor de mujeres, pues es brava e inquieta, igual que dicen que lo es su madre, Leonor de Aquitania —añadió Abén Alí.

Endrina escuchaba a unos y otros y pensaba en aquel grande oso bermejo que ahora se ocultaba debajo de las mesas como perro pequeño en día de tormenta... Se moría de ganas por llegar a su lado y jactarse de aquello que había oído: ¿tenían en sus tierras de Francia monasterio de tamaña importancia? ¿Lo tenían o no...?

Segura estaba ya de la respuesta, pues no se podía hallar en todo el mundo abadía y abadesa como la de Santa María de Las Huelgas.

Volviendo a Burgos, el Arlanzón cantaba quedamente, orillado de álamos. En sus márgenes apuntaba el verano, y había vuelos de pajarillos nuevos y tierno verdor de hojas primerizas sobre ramas añejas...

Observando lo hermoso del lugar, Endrina volvió a pensar en Henri; ya estaba deseosa de contarle todo cuanto había visto.

Partieron de Burgos anunciada el alba del día tercero. Las riberas del Arlanzón despertaban mojadas de rocío. De nuevo comenzaron sus cantos los romeros, pero Endrina deseaba escuchar el silencio del alba. «Callad sólo un momento, voces de peregrinos; espera siquiera un *Pater Noster*, mi grande oso bermejo; silencio tú también, anciana madre Olalla..., que el día está entonando un rezo de laudes», habría querido decirles... ¡Ay, cómo echaba a faltar algunas veces la soledad serena de los valles de Carlos...! Pensando en sus montes, comenzó a pensar en sus padres, y sintió los ánimos extrañamente tristes.

La mano recia y firme de Henri se detuvo en la suya:

—¿Cuál es la causa de esta melancolía? —preguntó.

Así pues, la miraba a hurtadillas... ¡Aquel oso bermejo tenía los ojos pendientes de los suyos...! Del Arlanzón abajo se le fue a Endrina la tristeza, y comenzando el día, con la mano de Henri sosteniendo su mano, cantaba con gozo duplicado.

Y de gozo fue el camino por vegas y trigales, hasta que, habiendo salido de un lugar al que decían Tardajos, la alegría se le mudó en pesar. La causa fue que en la encrucijada de dos caminos, allí donde el concejo solía hacer cumplir sus últimos y definitivos castigos, divisaron un hombre pendiendo de la horca. Endrina había visto otras horcas y otros hombres colgando de ellas; pero aquél era Abén Alí, el moro buhonero que conociera en Burgos. A sus pies lloraba Sancho el flaco. Con furia apenas contenida, les contó luego aquello que les había sucedido.

—Salimos de Burgos en el día de ayer. Llegando a Tardajos, amarramos los asnos y tendimos las mercancías, y no tuvimos tiempo para hacer otra cosa, porque un mal hombre, queriendo tomar sin gasto lo que tenía su precio, comenzó a decir con sus sucias palabras que al cuitado Abén Alí ya lo tenía bien conocido y que era un grandísimo ladrón, porque otra vez que se detuvo en el lugar le robó con engaños un anillo de oro.

«Mirad, mirad, hermanos, en su dedo lo veo, acercaos y observad cómo está grabado con un sello que es el mío propio», gritaba el ruin mentiroso. Llegaron en seguida los sayones* de la merindad* y vieron el anillo en el dedo de mi pobre Alí, y como al que acusaban era moro de raza, decían que ladrón y estaba allí de paso, ninguno atendía a sus protestas; además, aquel que le ponía demanda era caballero pardo*, nacido en el lugar y amigo de merinos. Por tanto, nadie oyó los gritos de Abén Alí, que decía que aquel anillo no era hurto sino justa prenda dada en pago de mercadería. Ni tampoco lo alzado de mis voces, que juraban delante del Señor Jesucristo y su Madre Gloriosa que lo que decía mi pobre amigo no era sino la verdad. Pero mirad, hermanos, que de nada nos valieron gritos ni juramentos; mirad de qué triste manera se halla ahora quien hasta ayer era mi compañero, el que hablaba conmigo o conmigo callaba... Otras veces quizá hurtara alguna cosa; pero esta vez no lo hizo, os lo juro por la Virgen Gloriosa.

—Pues si había hurtado otras veces, merecido tenía el castigo de horca —murmuró un anciano de ojos duros.

Otros, diciendo lo mismo que él decía, siguieron su camino sin que en nada les moviera la muerte que dejaban detrás. Endrina, sin embargo, tenía el alma entristecida y no hacía sino recordar las risas y los dichos del desgraciado moro, y a la vieja Olalla le ocurría otro tanto. Entrambas buscaban la manera de convencer a Sancho el flaco para que siguiera la andadura con ellos; pero el buhonero se negó dos veces repetidas y quedó en la encrucijada en triste soledad, como si con su presencia pudiera volver la muerte de su amigo un poco menos negra.

Para la vieja Olalla y para Endrina, los senderos se volvieron amargos, y nada podía hacer el buen Henri por vencer su desánimo. Don Guillaume caminaba metido en uno de sus hondos silencios, como si le vinieran a la memoria otras vidas y otras muertes; únicamente *Juan sin cuitas* seguía con su gozo. Así marcharon un trecho largo y triste, sin saber si subían o bajaban, hasta que divisaron en la distancia las torres del castillo de Castrojeriz.

11. ¿POR QUÉ SIEMPRE MARCHAR?

Después de la larga aridez de trigales y campos yermos y del hondo silencio que tanto estaba en la soledad de la llanura como en sus espíritus, la vista del castillo de Castrojeriz, alzándose sobre un otero, levantó también algo de sus caídos ánimos.

Castrojeriz era un pueblo extendido en una sola calle de casi media legua, la más larga de todas las del camino que iba a Compostela; un ancho y empedrado sendero orillado de casas, que apoyaban tejados y paredes las unas en las otras, tiendas, iglesias, conventos, hospitales..., cambistas, artesanos, comerciantes, posaderos..., bullicio, alboroto, cantos, reyertas..., todo en una misma línea. Y sobre ello, haciendo de vigía, ¡el castillo!

Castrojeriz fue sólo una noche de descanso, porque estaban temiendo que junio, acercándose a julio, tomara de él calor y sofoco. Y buenas razones tenían para temer, porque apenas había abierto la mañana y ya empezaba el sol a pesar en los cuerpos. Después, trigales, campos sin labrar, una inmensa llanura desprovista de árboles, y ¡todo el día por delante...!

Andar, andar, y el camino siempre les parecía el mismo.

—Son bajos esos vuelos de urracas; señal son de augurios adversos —murmuró la anciana Olalla, perdidas también, aunque por breve tiempo, las fuerzas de su espíritu.

—Largos son los caminos que nos llevan a Santiago; sin embargo, hemos de recorrerlos —añadió don Guillaume.

¡Qué pequeños se sentían los cuerpos y las almas en aquella inmensidad de campos entre pardos y verdes! Hasta Henri se veía pequeño... Pues ¿y Endrina? Ella parecía un gorrioncillo inquieto que todavía se empeñaba en mantenerse alegre. Y así olía el heno, que aún tenía un algo de frescor, o escuchaba los lejanos murmullos del Pisuerga, o salía del sendero para correr por el campo a través...

Cualquier cosa para no ver, siempre delante de los ojos, aquel ancho horizonte, inundado de sol, ¡tan lejano! A su lado, *Juan sin cuitas* saltaba, persiguiendo vuelos de saltamontes y mariposas.

Para ahuyentar desánimos, Endrina, igual que tantas veces, hizo sonar su flauta. Henri volvió a ser fuerte y su voz se alzó sobre el calor y subió por encima del cansancio:

Cuando el río de la fuente,
como suele, se hace claro,
y crecen rosas salvajes,
y el ruiseñor en la rama
repite, modula, endulza
y embellece su canción,
¿no he de cantar yo la mía?

Amor de tierra lejana,
por vos duele el corazón,
y ningún remedio encuentra
de no ser vuestra llamada
con brillo de dulce amor.

Y ahora, ¿por qué enrojecía Endrina? Y el sonido de su flauta, ¿por qué parecía todavía más suave? Y aquel grande oso bermejo, ¿por qué cantando la miraba...? Los peregrinos ingleses comenzaron después a entonar canciones de su tierra, y Henri aún miraba a Endrina. Luego se oyeron dulces cantos lombardos y canciones en lenguas diferentes... Cantando, marchaban con más ánimos.

Por fin, ¡el lugar que llamaban Fitero del Camino y el monasterio de los monjes blancos...!

Descanso de pies y espíritus; vino negro y pan blanco...

Y al día siguiente, nuevamente llanos enormes y desérticos, sol de junio embravecido, verano adelantado... Sed, cansancio, un camino igual a otro camino, trigales, polvo... y, de vez en vez, una voz animosa se dejaba oír:

—¡Adelante, hermanos! —Era el grito de Henri.

—¡Adelante, hermanos! —exclamaba también la vieja Olalla.

—¡Adelante, romeros, cantad conmigo! —se elevaba la voz de Endrina.

¡Herru Sanctiagu!
¡Got Sanctiagu!
....
¡Deus, adiuva nos!

Débiles cantos de peregrinos que se querían alzar, sin poder volar alto, tras el canto de Endrina.

¡Deus, adiuva nos!

Calor sobre calor..., cansancio apretando cansancios..., desánimo... Después, un cuerpo que caía:

—¡Por Sant Yago!, yo no puedo seguir...

—Ni yo tampoco puedo.

—Ni yo...

—¡Oh, Dios, antes morir de frío y ahora perecer a causa del calor! —exclamó con gran desmayo don Guillaume.

Hasta a Henri se le fueron las fuerzas del espíritu:

—Endrina, si la muerte nos viene a reclamar la vida que nos dio prestada, que nos halle tomados de la mano —susurró tomando entre los suyos, tan grandes y tan fuertes, los dedos, tan pequeños, de Endrina—. Sería dulce muerte...

Endrina, de repente, a pesar del calor y la angustia, se sintió alborozada: tenía razón su grande oso bermejo, sería dulce muerte; pero aún no habían de morir...

—¡Adelante, Henri! —exclamó mirándole a los ojos—. Que la muerte nos busque en otro día. Ahora, cogidos de la mano, sigamos adelante.

Las fuerzas de Henri volvieron a su espíritu.

—¡Sigamos, cogidos de la mano, Endrina! ¡Adelante, romeros!

—¡Adelante, adelante!

Pero cuánto desmayo había en los cuerpos y en las almas...

Endrina, por despertar los ánimos, buscaba flores de color rojo, que eran alegría de trigales, adorno y esperanza de campos solitarios.

La primera, para Henri; la segunda, para don Guillaume; la tercera, para la buena Olalla; las demás, para los peregrinos, y la última...

—¡La última para ti, *Juan sin cuitas*, mi perrillo valiente!

—¡Adelante, romeros!

Y nuevo esfuerzo de cuerpos levantándose, ¡adelante!, débil, pesadamente, pero adelante... Y de pronto, aquel hondo silencio, amasado de sol, de polvo y de cansancio, se quebró con sonidos lejanos... Los pasos quedaron detenidos.

—¡Oíd, hermanos!

Escucharon el ruido de ruedas de carreta, todavía en la distancia; pero ya qué consuelo, y ¡qué alegre sonaba!

—¡Sant Yago acude en nuestra ayuda, hermanos, igual que ayudó a otros romeros de antaño! —exclamó alguien.

Los cantos de alabanza parecían llegar al horizonte:

¡Te Deum laudamus!
Te Dominum confitemur.

El chirrido de ruedas se acercaba: ¡qué gozo peregrino!

Boyeros* de Frómista eran, que volvían de Burgos con los carros vacíos.

Con la tarde cayendo llegaron a Frómista del Camino. Las hermosas piedras amarillas del monasterio de los monjes negros, doradas por el último sol del día, les daban la bienvenida.

Dos días descansaron en Frómista, y durante aquel tiempo Henri y Endrina no hicieron sino estar juntos y admirar la hermosura de tallas esculpidas en pórticos y naves. Aquella iglesia no era triste como otras del camino, a Endrina le parecía muy bella. Sus piedras amarillas tenían el color de los trigos que ya empezaban a tornarse maduros, y las figuras de los hombres y animales parecían tener vida:

—¡Mira, Henri, parecen estar orando! —susurraba Endrina...

Muros de piedras amarillas, figuras que parecían rezar, inmensidad de campos vistos desde la torre, tardes enrojecidas y vuelos de pájaros felices, todo eso era San Martín de Frómista... ¡Cuán duro era partir!

Comenzaron de nuevo la andadura al amanecer del tercer día, esperando que los soles de junio, más tarde, les quemaran los cuerpos y las almas. Sin embargo, la mañana fue fresca y la tarde protegió a los romeros con amplio manto de nubes cenicientas. Por esta causa llegaron a Carrión de los Condes sin mayores quebrantos.

Hallaron la ciudad en fiestas rebosando bullicio, pues había por doquier ricos hombres de Castilla y León, nobles de Galicia y Navarra; obispos y abades; condes y duques de Francia y Alemania...

Don Guillaume y Henri, pálidos, asustados y empequeñecidos, corrieron al hospital de peregrinos pobres buscando el amparo de paredes y esquinas y ocultando sus rostros. Allí malcomieron una escudilla de sopa y una cuarta de pan negro, mientras que sus compañeros, invitados a las fiestas del lugar, comían y bebían pan de trigo, pichones y corderos y buen vino rojo, sin medida ni tasa.

Pero Endrina ya estaba temerosa de que aquella nueva desazón no les fuera a llevar otra vez a marchar sin apenas holganza ni descanso.

Y de Carrión, según ella temía, partieron con el alba sin otro compañero que la vieja Olalla, que, aunque a regañadientes, no había querido abandonarlos porque, según les dijo, no deseaba mudar de aquella buena compañía, que ya las tuvo malas en otras ocasiones.

—Malos días amanecen para el que tiene mal vecino —exclamó—, y aún más marchando a Santiago —añadió.

—Henri, ¿nos podemos quedar en Carrión siquiera por dos días?

—No, Endrina, no es posible.

—Marchamos siempre con tanta desazón... Nunca nos detenemos a la sombra de claustros, ni apenas estudiamos el lenguaje de los capiteles. Dice la vieja Olalla que capiteles y pórticos nos hablan con sus lenguas de piedra, y que en imágenes camineras está tallada toda la historia de nuestra santa religión: la vida del Señor Jesucristo y sus apóstoles, los milagros y gozos de la Virgen Gloriosa... Y dice que los monstruos terribles representan el mal, y las alas en cuerpos de serpientes, que el mal ha sido ya vencido... ¿Es cierto todo esto?

—Es cierto, Endrina.

—Oh, Henri, detengamos los pasos, que apenas si hemos entendido el lenguaje de los capiteles.

—¿Y no recuerdas San Millán, Burgos o Frómista?

—Pero hay muchas más iglesias y muchos monasterios en el camino que lleva a Santiago; quedémonos, Henri; marchemos más despacio.

—No podemos, Endrina.

—¿Por qué, Henry?

—No me preguntes más, que aún no puedo responderte.

¡Cuántas cosas hermosas se dejaban detrás...!

Pisando el término de Sahagún ya tenía el enojo olvidado, y sus ojos se abrían admirando riquezas de granjas y de campos inmensos con pastos, con sembrados, con árboles frutales, con molinos que no cesaban nunca de dar vuelta a las ruedas..., con rebaños de tantos animales que no podían contarse... No en vano se encontraban en tierras que pertenecían al monasterio de San Facundo, el más rico de todas las Españas.

El monasterio de San Facundo era un trasiego de gentes que llegaban y venían. En el pórtico oriental hallaron a un joven escultor, que dijo ser de Provenza, esculpiendo, sobre piedras antiguas, al lado de otras tallas, la cabeza de un extraño animal.

—En Italia y en Francia, en tierras de Aragón y Navarra, también tengo dejadas algunas otras obras de mis manos. Yo seguiré adelante; pero algo de mí quedará en la piedra para siempre —les dijo, observando de qué modo contemplaban su trabajo.

—Les llaman escultores vagabundos y van de una ciudad a otra a lo largo de todas las del peregrinaje. Aquí dejan una talla y allá dejan otras, y lo mismo hacen los maestros constructores, que trabajan igual en Francia que en Aragón o en Castilla. Por eso las iglesias y los monasterios del camino del peregrinaje se parecen los unos a los otros —explicó luego don Guillaume.

—Dicen que el maestro que dirigió las obras de Sahagún fue un inglés vagabundo que también dirigió las de la hermosa catedral de Jaca, en tierras de Aragón, y que los mismos escultores que allí dejaron sus magníficas obras trabajaron más tarde en San Martín de Frómista —añadió la vieja Olalla, que, como había ido a Compostela por caminos distintos, a veces parecía un pozo de conocimientos.

—Son muchos, ciertamente, los artistas peregrinos que, viniendo desde Francia, Lombardía o Inglaterra, van dejando figuras a su paso... Son regalos de piedra que nos hacen —volvió a decir don Guillaume.

—Pero de todos ellos son más y son mejores los maestros de las tierras de Francia. Sus tallas parece que nos hablan y nos miran... Y es que las iglesias que orillan los caminos de Francia son altas, y son grandes, y son magníficas; y los santos ángeles que vigilan en sus pórticos y naves son de tanta hermosura que parecen no ser figuras de este mundo ni estar hechas de piedra —exclamó Henri.

—Calla ya, oso bermejo, que todavía nos quedan por cruzar algunos ríos con las aguas revueltas que tragan mentirosos —se burló Endrina.

Nada sucedió digno de ser contado en la ciudad de Sahagún, y después de una jornada de descanso partieron con un muy grande grupo de peregrinos hacia León. Y nada sucedió que tuviera importancia en el camino, que fue un continuo sucederse de páramos inundados de sol.

12. LEÓN

Después de larga marcha, el gozo de una voz se alzó sobre el cansancio:

—¡León, hermanos! ¡Al fin, León!

Luego un olvidar desánimos y un despertar de cantos. Y muy pronto posaderos saliendo al encuentro de romeros, voceando excelencias de hostales, de abundante comida, de vino sin aguar... De nuevo calles de artesanos y tiendas; mercaderes, judíos, mudéjares...

—Cuidad vuestras alforjas, porque en este barrio en el que estamos abundan los truhanes —advirtió la anciana Olalla.

Don Guillaume volvía a tener las manos sobre el pecho, y Henri, que no se apartaba dos pasos de su lado, parecía tener ojos en todo el cuerpo.

Endrina no pensaba en ladrones ni pícaros; entrando en la ciudad, su corazón marchaba apresurado porque en ella vivía Diago, su segundo hermano, y no lo había visto desde el día de la Natividad del Señor.

Diago de Tabladiello tenía el espíritu inquieto y el ánimo esforzado, igual que los tuvieron su padre, su abuelo y su trasabuelo. En nada se parecía a Dimio, su hermano mayor, que era como un árbol de raíces profundas; Diago, sin embargo, parecía un ave migratoria, con las alas abiertas, esperando siempre la llamada del viento.

Pensando en Diago penetró Endrina en la iglesia que llamaban de San Isidoro, porque allí se guardaban las reliquias de aquel santo. En ese lugar se reunían peregrinos llegados de muy diversos puntos, los unos por el camino que decían Francés, los otros por las rutas del sur, desde Portugal y Andalucía, cruzando Extremadura... En San Isidoro de León todos alababan al Señor a un mismo tiempo:

¡Te Deum laudamus!
Te Dominum confitemur.

(¡A vos, oh, Señor, os alabamos! / A vos, oh, Señor, os reconocemos.)

Se detuvieron en la estancia llamada Panteón de los Reyes. Allí se sentía el tiempo detenido y Endrina ya no pensaba en nada de este mundo... ¡Qué cercana tenía la presencia inquietante y misteriosa de la muerte...! Era muerte de reyes: poder y riqueza dormidos para siempre. Ante tumbas de piedra se elevaba el rumor de los rezos peregrinos. Las almas estaban sobrecogidas:

In te Domine speravi
non confundar in aeternum.

(En vos, Señor, esperé; / no sea yo eternamente confundido.)

Endrina buscó la mano amiga y fuerte del buen Henri, y sintió la calma de sus dedos tan fuertes oprimiendo los suyos suavemente:

—¡Mira a lo alto, Endrina!

Endrina levantó la mirada: en la bóveda, en los arranques de las columnas, en los paramentos superiores, había pinturas hermosísimas: tonos ocres, violeta, azules, rojos y amarillentos sobre el gris de los sillares... El Pantocrátor sentado sobre el iris, rodeado de los símbolos de los Evangelistas y constelado de estrellas, presidía la bóveda central... Además, personajes bíblicos, narraciones del Evangelio y del Apocalipsis...

Todo era hermoso y magnífico.

—Mira, Endrina, mira —murmuró Henri.

Endrina observó las pinturas que Henri señalaba. Representaban el nacimiento de Jesús, y por un momento creyó estar en sus montes de Carlos; le parecía un mundo conocido y cotidiano: un pastor tocaba el cuerno, el otro un caramillo... y el de más allá le daba de comer a su perro...; una vacada que miraba con los mismos ojos de triste indiferencia con que solían mirar sus doce vacas..., ovejas paciendo brotes nuevos; y hasta había una piara de cerdos..., árboles, hierbas..., toda la naturaleza estaba reunida en torno de un niño que nacía en un pesebre... y en lo alto un ángel se posaba y aún batía las alas en el aire.

Endrina se olvidó de la inquietante muerte. Allí estaba la vida amable de las cosas diarias y sencillas...

—Salgamos, Henri —murmuró con los ojos brillantes.

Los ojos de aquel grande oso rojo le estaban sonriendo...

¡Qué tarde tan hermosa dejándose caer sobre la iglesia de San Isidoro! Las escenas evangélicas de la fachada que llamaban del Perdón sosegaban con sol de atardecida..., y los signos del Zodiaco, enmarcando figuras de santos, parecían de oro viejo... Había nidos de golondrinas en los arcos del pórtico y alegría de vuelos negriblancos rodeando la torre. Endrina y Henri los miraban cogidos de la mano.

Don Guillaume y la anciana Olalla salieron luego del templo. El uno estaba sumido en un hondo silencio; pero la otra no cesaba de hablar:

—He venido tantas veces a esta ciudad, y tengo oídas tantas cosas... ¿Sabíais por ventura que una iglesia pequeña que aquí había en tiempos anteriores la destruyó aquel moro que se llamó Almanzor? Pues él lo hizo, igual que destruyó tantas otras que había en el camino que iba a Santiago... Pero años más tarde, Fernando, el primer rey de Castilla, y su esposa, doña Sancha, comenzaron las obras de esta que aquí veis ahora; después, su hijo Alfonso VI la llevó hasta buen fin... Y éste, hermanos, es un templo de prodigios enormes —añadió envolviendo su voz con tonos de misterio—. Sabed que las piedras de sus muros sangraron, sí, sangraron, no me miréis con duda, los tres días anteriores a la muerte del rey don Alfonso VI... Y a veces las campanas avisan tristes hechos, tañendo por sí solas...

La voz de la buscaperdones era un hondo susurro y Endrina apenas si la oía, porque había vuelto a pensar en Diago, su hermano, y en el sorprendido gozo que tendría al verla. Pero de pronto los susurros de Olalla se le tornaron voces claras:

—En este mismo lugar de San Isidoro, el joven rey de León, Alfonso IX, el mismo que hoy, veinticuatro de los días de junio, ha de ser armado caballero en San Zoilo de Carrión, sin que estemos presentes —añadió, mirando con un cierto reproche a don Guillaume—, corriendo el mes de enero, a la muerte de su buen padre convocó una curia regia en todo singular, pues mandó que acudieran no sólo los ricos hombres y los clérigos, como era costumbre, sino también gentes elegidas por los concejos de las villas.

El corazón de Endrina comenzó a latir con prisas: ¡villanos en una curia regia...! Nunca se había visto en todas las Españas un hecho semejante... ¡Voces de hombres del pueblo alzadas ante el rey junto a voces de nobles y clérigos!

¡Qué deseos tenía de hablar sobre aquel hecho con su hermano Diago...! «¡Aprisa, Henri;

aprisa, don Guillaume; aprisa, buena Olalla..., y tú también aprisa, *Juan sin cuitas*, vayamos inmediatamente al encuentro de Diago!»

Y con muy grandes prisas marcharon allí, donde, según creían, tenía tienda y casa Diago de Tabladiello. Pero, ¡ay!, que la hallaron cerrada a cal y canto, y ninguno de a quienes preguntaron supo darles noticia de dónde se hallaba; alguien les confirmó lo que ya sabían: que iba y que venía con frecuencia hasta tierras de moros o a otras todavía más lejanas, llevando caballos de Castilla, armas de Toledo, lanas de León, esmaltes de Cataluña..., trayendo luego ricos paños de Flandes; vidrios y joyas de Francia y de Inglaterra; maderas preciosas y telas recamadas de al-Andalus...

—¿Por dónde estará ahora? —preguntaba Endrina a todo el que decía conocerlo.

Pero nadie daba respuesta segura a sus preguntas.

—Diago es libre como el viento, y a ninguno da cuenta de sus hechos —le decían.

Ya los había tomado el desaliento cuando una voz, oída a sus espaldas, comenzó a llamarlos por sus nombres.

—¡Sancho el flaco, mi buen amigo, de qué modo me alegra tu presencia! —exclamó la anciana Olalla.

Y también se alegraron todos cuando oyeron que el buhonero conocía a Diago y podía decirles con certeza que todos los años solía volver de las tierras de Flandes cuando entraba el verano.

—El verano ya ha entrado; por tanto, Diago estará por llegar. Un año tras otro mi buen Alí y yo vinimos a León por estas mismas fechas, y en más de una ocasión hallamos buena acogida en su caravana, entre los hombres que con él van a sueldo —explicó Sancho el flaco.

Oyéndolo, Endrina tuvo mucho contento; pero también una cierta inquietud, temiendo que por algo retrasara su vuelta. Además, estaban las alforjas vacías y las sandalias con las suelas gastadas, y de Diago esperaban hallar ayuda para unas y otras; además, habían de alojarse en posada, pues no hallaron lugar en el hospital de peregrinos. Pero ¿cómo podrían hacerlo? Sin Diago no tenían ni un sueldo ni un dinero... Por buscarlos marcharon luego a la plaza del mercado.

Endrina hizo tañer su flauta con sonido de pájaro, y Henri cantó con voz más clara y más alzada; pero ¡había tantos peregrinos pobres aquel día en León, tantos cantos, tantas flautas sonando...!

Con las manos vacías y el corazón a la misma distancia de ánimo y desánimo, fueron todos a tomar un poco de reposo a un lugar escondido, cercano a la iglesia de San Isidoro, que aunque no tenía otro techo que el de las estrellas les era suficiente, que estaban en verano y el calor apretaba.

Se alzaron a los gallos cantar pensando que el día habría de traerles a Diago; pero allí estaba el día y Diago seguía sin llegar... Y otra vez la plaza del mercado, y otra vez la flauta de Endrina con sus sones al aire, y la voz de Henri Bernat haciendo por despertar los bolsillos dormidos... Don Guillaume y la anciana Olalla extendieron sus manos, pidiendo caridades sin pronunciar palabras..., pero ni un sueldo, ni un dinero...

—Toca, toca, Endrina, que pobre porfiado siempre logra mendrugo —decía la buscaperdones.

—Y si no lo halláremos, ya veremos la forma de hacer algún trabajo, por pesado que sea —añadió Henri.

Pensando en ello estaban cuando se alborotó la multitud de pobres y peregrinos. De pronto, remolinos de pasos y de voces, risas y ojos brillando de esperanza: una numerosa y bien pertrechada comitiva iniciaba la entrada en la plaza. Don Guillaume palideció un momento; pero en seguida recobró su color: moros eran los que entonces llegaban y en nada parecía temerles, según observó Endrina. «¡Qué cosa tan extraña! —pensó—. Huyen de los cristianos que son de casas nobles, y más aún si llegan de las tierras de Francia... Y no temen a un conde, a un duque o a un obispo solamente, según me parecía en un primer momento, sino a todo conde, obispo o duque.» Pero sus pensamientos se quebraron muy pronto, porque en la plaza el bullicio crecía. ¡Qué alboroto de manos extendidas hacia guantes de seda! ¡Qué pobreza cristiana suplicando limosnas a riqueza de moros...! «A mí...» «A mí, señor...» «A mí...» Luego una lluvia de monedas al aire, y en apretada pugna por hallarlas, mendigos, truhanes, peregrinos... Cuerpos cayendo, gritos, protestas... Y de pronto, un quejido angustioso, y don Guillaume con las manos al pecho y el rostro con la color perdida. Endrina y Henri corrieron en su ayuda. ¡Oh, Dios!, ¿qué le podría pasar ahora?, ¿estaría herido por un dardo de muerte, igual que el buen fray Roderick...? El anciano peregrino apenas podía dar voz a sus palabras:

—¡Henri, Henri, hijo mío, me han robado la joya! —susurró con ojos de extravío.

«¡Ay, Dios! —pensó Endrina—. Algún truhán, observando el cordón que llevaba en el cuello, debió tirar de él y, quebrándolo, huyó con lo que era el tesoro más preciado que su vida.»

La gran ira de Henri rompió en su pecho con grito de oso enfurecido:

—¡Al ladrón...!

—¡Al ladrón! ¡Al ladrón! —sonaron otros gritos...

Al ladrón. Pero ¿quién era y por dónde escapaba...? Un hombre iba huyendo, con carrera de galgo, por la plaza adelante...

—¡Por allá escapa, detenedle...!

—¡Detenedle...!

Endrina y Henri corrían empujados por vientos de ansiedad:

—¡Que no huya! ¡Que no escape...!

Pero aquel hombre, del que nada veían sino la espalda, conocía la ciudad de punta a punta: calles, callejuelas, plazas, esquinas, pasadizos...

—¡Corre, Henri, corre!

—¡Corre, Endrina, corre!

Lo fueron a perder entre hiedras de muro

viejo. *Juan sin cuitas* al fin descubrió un hueco entre las plantas, pero ya no había nadie en la otra parte.

El buen Henri parecía un oso enjaulado; a Endrina le hacía daño verlo con tan grande pesar. Caminaba sin rumbo, retrasando el momento de volver con las manos vacías para aumentar el dolor de don Guillaume.

Hallaron al anciano donde lo habían dejado, ausente de sí mismo; parecía que ninguna cosa de este mundo tuviera ya para él algún valor.

La vieja Olalla acompañaba silencio con silencio, que no había palabras que pudieran servir de algún consuelo.

«¡Oh, Dios! —se preguntaba Endrina—. ¿Qué contendría la bolsa cuya pérdida conturba de tal modo su espíritu?»

13. LA JOYA PERDIDA

Fue Sancho el flaco quien de nuevo llegó para elevarles los caídos ánimos:

—Conozco una cierta posada en la que truhanes, rufianes y ladrones suelen andar en juegos vedados todo el día. Entre rojos vapores de mal vino se dejan en la mesa las prendas de sus muchas rapiñas. Allí puede que hallemos a quien estáis buscando.

—¡Por Santa María! Mi buen Sancho, que más que buhonero me pareces un ángel que nos envía el Señor Jesucristo —exclamó la vieja Olalla.

—En muy mala compañía se hallaría el Señor allá en lo alto con tales mensajeros —respondió Sancho el flaco con grandes risas, pues se veía a sí mismo con albas vestiduras y luminosas alas.

Pero Henri no estaba para risas, y tanto se le

daba marchar con buhonero o ángel. El oso encadenado que antes fuera rompió de un solo golpe sus cadenas:

—¿Dónde está esa posada? Marchemos ahora mismo y no perdamos tiempo con palabras inútiles —exclamó, iniciando sus pasos.

Endrina también se alzó con rapidez de ardilla:

—¡Corramos, Sancho! Y corre tú también, *Juan sin cuitas*, que quizá nos puedas dar ayuda.

—No es aquél lugar para mozuelas —advirtió el buhonero.

—Tú reza a la Gloriosa esperando mi vuelta —dijo Henri.

—Rezaré a la Gloriosa mientras corro. Allí donde tú vayas habré de ir también, que a veces es de mayor provecho la astucia del ratón que la fuerza del oso.

—No quiero que te halles con el peligro enfrente, Endrina.

—Ninguno en mi familia, ni hombre ni mujer, estuvo nunca de espaldas al peligro.

—Deja entonces que venga con nosotros, Henri, que bien sabrá mirar por ella misma —exclamó la vieja Olalla, dando ya por seguro que ella habría de estar en aquel trance.

—¿Y también tú te empeñas en venir, mi buena madre Olalla? ¿Te olvidas por ventura de tus años? —se asombró Henri.

—Los tengo muy presentes; pero sábete, mozo todavía no barbado, que en ciertas ocasiones las mañas de los viejos enmiendan los yerros de los jóvenes —respondió con enojo la buscaperdones—. Y ahora marchemos, hija mía, que juntas habremos de poner en mil aprietos a más de dos truhanes —añadió, dirigiéndose a Endrina.

De esta manera partieron los cuatro en compañía, además de *Juan sin cuitas*, que, oliendo que habría de haber pelea, volvía a tener la mirada fiera que tiene el perro grande cuando acude en ayuda de su dueño. Únicamente don Guillaume se quedó en el mismo lugar, porque aunque tenía grande empeño en partir, no se lo permitieron, pues era mucha la confusión que mostraba su espíritu y muy pocas las fuerzas de su cuerpo.

Oscura y mísera era por cierto la posada, y repleta estaba de truhanes y pícaros. Con el mal sebo de las velas y el mal aceite de las lámparas estaba el aire enrarecido; alrededor de no muy limpia mesa el juego se animaba, a la vez que pellejos de vino se iban vaciando.

Cuando caían los dados, se sentían los alientos detenidos, que la suerte iba a extender su dedo caprichoso. Después, se quebraba el silencio en un alzar de gritos; de alborozo los unos; de ira, envueltos en blasfemias, los demás.

¿Sería alguno de aquellos que jugaban y bebían el ladrón que buscaban?

—Si es alguno de éstos, no veo la manera de poder encontrarlo; de él sólo vimos la espalda, y ahora todos me parecen los mismos —susurró Endrina, movida de impaciencia.

—Espera a que el vino se apodere de mentes y de cuerpos. Entonces veremos de indagar aquello que queremos saber —respondió el buhonero.

Los truhanes jugaban, trago a trago, grito a grito; unas veces la suerte los miraba propicia y otras les volvía la espalda.

Endrina, Henri, Sancho el flaco y la vieja Olalla estaban observándolos, ocultos detrás de pellejos y tinas.

Había entre todos un rufián, quizá el de peor calaña, con los ojos teñidos de malas intenciones, a quien la fortuna parecía mostrarle una mayor inquina, pues perdía sus monedas una y otra vez. Al fin no le quedó ni un cobre con el que hacer apuesta. Sin embargo, insistió en proseguir el juego... Varios pares de ojos lo miraban advirtiendo amenazas..., pero él les arrojó a los rostros una risa triunfante y a la mesa una bolsa de cuero que a Endrina y Henri les alteró los pulsos: ¡allí estaba, delante de avidez de truhanes, el preciado tesoro de don Guillaume!

—¡Por Saint Jacques que he de conseguirla como sea, aunque me deje en el empeño la última gota de sangre! —exclamó Henri con el alma encendida asomando a los ojos.

—Espera, buen amigo, que aún no es el momento —susurró Sancho el flaco.

Un corro sorprendido de rufianes miraba al que decía ser dueño de la bolsa. Poco a poco, las sorpresas se tornaron palabras:

—¡Muéstranos qué contiene!

—Yo no apuesto ni un sueldo sin ver primero qué hay en su interior.

—¡Que no nos vengas luego con guijarros de río!

—¿Guijarros dices tú, rufián de sucia boca? Pues ¡mira qué guijarros...! —gritó el ladrón, abriendo por completo la bolsa.

¡Qué hermosa era la joya! ¡Qué fulgor de oro y de rubíes! ¡Qué brillo nacarado el de las perlas...! El corazón de Endrina se detuvo un momento; nunca, en toda su vida, había visto otra cosa que se le pareciera. Pero luego se le vino a la mente una pregunta: ¿habría joya en el mundo, por preciosa que fuera, que tuviera el valor de una vida? ¿Y su buen don Guillaume y su grande oso rojo exponían las suyas a causa de riquezas...? Dudó sólo un momento. No podía ser eso únicamente; detrás de aquella joya habría otros motivos: una palabra dada, el valor de un rescate, un honor empeñado... De eso estaba por completo segura.

Una voz empapada de vino y de osadía la sacó de sí misma:

—Todo aquello que hay sobre la mesa lo juego a una sola tirada... Mi apuesta es la joya que aquí veis.

Se sentía el silencio..., los dados se agitaban en la mano del truhán. La suerte, retenida un momento, aún tenía sin desvelar su rostro...

El corazón de Endrina palpitaba... Uno, dos, tres..., la suerte estaba echada, los dados en la mesa, y el truhán, con ojos de vidrio oscurecido, miraba la joya que ya tenía perdida... En seguida, un grito de alborozo y otro grito de ira. Después, un desafío en el aire y el filo de un cuchillo hablando por sí mismo.

—¡Quien la roce siquiera tiene los días cumplidos! —gritó el truhán que perdiera la joya, con sombras asesinas asomando a sus ojos.

¡Qué silencio tan profundo y tan breve! Fue cosa de un instante, no duró lo que dura un amén. Luego se quebró como se quiebra un vaso caído de lo alto:

—¡Rufián!

—¡Felón!

—¡Ruin!

—¡Puerco!

—¡Ladrón!

—¡Hijo de mala madre...!

Y junto a un viento de furia en las palabras, el peligro rondando: miradas de acecho esperando un descuido, y una mano con un cuchillo en alto dispuesto para herir... Por detrás un rufián acercando sus pasos quedamente, y de pronto unos brazos que oprimían y ataban; un grito enfurecido, otros gritos, y confusión de golpes y de mesas caídas, de dados por el aire, y un estruendo de escudillas y vasos haciéndose pedazos...Y entre tanto alboroto, una mano morena y muy pequeña buscando... Poco a poco, como ratón que pasa inadvertido, avanzando en medio del barullo... ¡Ya tenía la bolsa!

—¡Corramos, Henri; corramos, madre Olalla; corramos en seguida, Sancho, que ya tengo la joya y muy pronto habrán de percibirlo!

—¡Corre tú por delante, Endrina, que nosotros guardaremos tu huida!

Y pronto lo advirtieron ciertamente: ¡qué gritos de ira y de sorpresa en boca de rufianes!

—¡A la ladrona! ¡A la ladrona...!

—¡Corred, que no se nos escape...!

—¡Detened a esa peregrina, amigos y vecinos, que hurtó lo que tenía gran precio!

La vieja Olalla, apostada al lado de la puerta, extendió su bordón y cayó el truhán que iba delantero; tras él cayeron los que seguían sus pasos.

—¡Maldita vieja, volviendo de este pleito tendrás tu merecido!

—Lo tendré si me encuentras, truhán de todos los diablos.

—¡Corre, Endrina, corre!

Henri, más grande y más oso que nunca, golpeaba de un cuerpo en otro cuerpo.

Sancho el flaco lanzaba hacia los rufianes todo aquello que hallaba por delante: escudillas, mesas, lámparas de aceite...

—¡Corre, Endrina, corre!

Endrina corría con la bolsa en la mano y el corazón golpeando en el pecho... Calles desconocidas y una huida sin rumbo. Por detrás, una jauría de truhanes rabiosos:

—¡A la ladrona!

—¡A la ladrona...!

Y el eco de unas voces amigas:

—¡Corre, Endrina, corre!

Pero los rufianes eran demasiados y estaban empujados por la ira. ¿Podría al fin burlar sus pasos de algún modo?

—¡Endrina, corre...!

«¡Ayudadme, Sant Yago, y vos, Santa María, extended vuestro manto entre ellos y yo!» El pecho de Endrina era oración y sus pies eran alas...

Al frente se abría un muro, a medias derrumbado; lo podría alcanzar muy fácilmente y después buscar refugio en cualquier parte... La esperanza le tendía la mano..., y de pronto se le cortó el aliento.

—Detén tus prisas, moza, en nombre del rey, nuestro señor.

Eran sayones de la merindad y los tenía a dos pasos con las picas alzadas. Ya no había ningún modo de huir. Por detrás le llegaba un tropel de truhanes, por delante tenía la autoridad legítima... ¡Qué enorme confusión! Apretando la bolsa entre sus manos, esperó, rezando a la Gloriosa, y buscando en su mente las palabras precisas que pudieran sacarla del aprieto.

14. EL JUICIO DE DIOS

—¿Quién y por qué causa demanda a esta peregrina? —inquirió uno de los sayones.

—La demando por hurtarme una joya —repuso el mal truhán que la había robado.

La mirada de Henri se encendía de ira, porque, aunque no podía entender del todo sus palabras, adivinaba sus malas intenciones. Los insultos se escapaban de sus labios, a medias en lengua de Francia, a medias en lengua de Castilla.

—No es la moza ladrona, sino que fue el truhán el que robó la joya a un grande amigo nuestro —gritó la vieja Olalla.

—¡Es ladrona la moza! —gritaban con una sola voz los distintos rufianes, los mismos que unos momentos antes estaban enzarzados en enorme disputa...

Los sayones no sabían entender asunto semejante.

—Es un pleito que debe ser fallado por palabras de jueces —decidieron al fin, tomando a Endrina presa.

—¿Adónde van ahora, madre Olalla? —preguntó Henri envuelto en airadas inquietudes.

»¡Por Saint Jacques! Cien veces he visto yo esa joya, cien veces he perdido el sueño por su causa... —gritó Henri cuando tuvo noticias ciertas de lo que estaba sucediendo.

La mano de Sancho el flaco detuvo el impulso de su ira nuevamente:

—Contén tu furia ahora, que en nada sería provechosa de estar suelta. Esperemos primero, y luego ya veremos de hacer alguna cosa si fuere necesario.

El juez se dirigió a la extraña asamblea con la mirada alta del que todo lo sabe.

—¿Quién apoya la demanda que haces? —preguntó al truhán.

Respondió un coro de ladrones y rufianes.

—Y ¿quién puede responder por esta moza?

La respuesta fue sólo de un joven peregrino, de un simple buhonero con las ropas raídas y de una anciana vestida con la misma pobreza.

—¿Y no hay alguno más que pueda dar fe de sus palabras?

—Lo hay. Diago de Tabladiello, comerciante apreciado por muchos, dueño de buena casa y mejor tienda —respondió Sancho el flaco.

—¿Y dónde está ese hombre?

—Hace más de dos días que debiera estar en la ciudad. Viniendo desde tierras de Flandes su caballo ya tendrá los cascos alterados, ante tanto retraso.

—Sin embargo, ahora tocan a tercia* y ese hombre no llegó a su morada; y nadie me puede asegurar que ha de ser según dices, porque aquel que a nadie sirve, viene y va, se detiene y avanza, según sea su antojo.

El juez detuvo un momento su mirada en la joya, para posarla luego en el rostro del truhán que de ella hacía demanda. Después observó a

Endrina lentamente... En sus ojos había un velo de duda... El silencio era afilado y largo: Endrina y sus amigos lo sentían clavándose en sus pechos... Al fin, el juez dejó caer el peso de su voz:

—A ti, moza, este hombre te ha acusado de hurto. Él demanda y tú niegas. Aquellos que os salen valedores no dan el testimonio que sea suficiente. No entiendo yo este pleito; por tanto, ha de ser la palabra de un juez mucho más alto el que lo determine. ¿Aceptas el juicio de Dios o devuelves la joya? —preguntó a Endrina.

El silencio que hacía sólo un momento se podía tocar se rompió en gritos excitados de truhanes y pícaros:

—¡Juicio de Dios, juicio de Dios!

Endrina perdió todo el color del rostro; pero sus ojos no miraron al suelo, aunque sabía muy bien qué sentido tenían esas palabras: un caldero con el agua bullendo a borbotones y su mano adentrándose en ella...

—Yo tomo como bueno el juicio de Dios

—respondió sin dudar ni siquiera el tiempo de un amén.

—¿Qué dicen, madre Olalla? —preguntó Henri.

»¡No habré de consentirlo! —gritó cuando lo hubo entendido—. ¡Luchemos como dos caballeros, truhán de boca sucia, cuerpo a cuerpo, como quieras, con cuchillos o puños, como quieras...! —exclamó, dirigiéndose al mal hombre que hacía demanda de la joya.

El rufián no entendía ni una sola palabra.

La vieja Olalla hizo de lenguajera nuevamente, y al oírla el truhán se rió:

—Ni yo soy caballero ni tengo contra vos pleitos que defender —exclamó, mirándolo con burla.

—¡Juicio de Dios, juicio de Dios! —seguían gritando mendigos y rufianes.

Y no eran ellos solos; que oyéndolos llegaron otras muchas personas.

¡Cuán grande era el bullicio deseando emociones...! Todavía el vocero no contaba el pregón del juicio, ni el tambor redoblaba con broncos sonidos de presagios oscuros, y ya estaba la asamblea diez veces aumentada: mujeres, niños, mozos, ancianos, llegados Dios sabía de dónde.

—¡Juicio de Dios! ¡Juicio de Dios...! —Era el grito de todos.

Henri Bernat se mordía los puños..., iba de un lado a otro..., se revolvía; miraba con ojos de animal herido y peligroso...

—¡Por Saint Jacques, y por todos los santos, no habré de consentirlo! —repetía—. Yo volcaré el caldero, y cuando el agua bulla se irá a verter sobre estos rufianes, mal nacidos, que ahora gritan; y quebraré cabezas de sayones, de merinos y jueces. Contra el rey de León lucharía si fuera necesario —decía con enorme inquietud y fiereza.

—Calla ahora, no temas, que ninguno de éstos oirá una queja salida de mis labios. Será sólo un momento con la mano en el agua, menos de un *Pater Noster*, y después sanarán mis heridas y obtendremos la joya que tenéis en aprecio tan alto —repetía Endrina.

—¡Por Dios, que no sucederá así! Escucha, Endrina: cuando el agua se agite, yo volcaré el caldero, entonces huye, luego veremos la forma de conseguir la joya.

—No hagas lo que dices. ¡Por Santa María! Henri, te prenderán y sufrirás, al menos, cien azotes, o quizá pena mucho mayor... Sanarán mis heridas, no se abrirán las llagas... Es juicio de Dios y yo soy inocente.

—¿Y si a pesar de ello llagaran las heridas, Endrina?

A Endrina se le fue la mirada a lo alto: si al cabo de tres o cuatro días hubiera ponzoña en sus heridas, no hallaría médico que acudiera a sanarlas, sino verdugo que cortara su mano... Y Dios habría hablado en favor del truhán. En cambio, si la piel de su brazo, envuelta en paños limpios, comenzara a sanar por sí sola, la joya le sería devuelta en nombre del Señor... Juicio era de Dios y en Él tenía puesta toda su confianza; pero ¿y si Dios, que estaba tan arriba, se llegara a olvidar de la pequeña Endrina, que estaba tan abajo...?

La multitud gritaba y el fuego estaba ya prendido... Endrina dudó sólo por un momento:

—¡Es juicio de Dios, Henri; tú reza a la Gloriosa y no temas por mí!

Siguió un tiempo muy largo de angustiada impotencia... El agua ya humeaba y Henri revolvía en su mente. ¡Oh Dios!, ¿qué podría hacer...? Y ¿dónde estaría ahora Sancho el flaco? ¿Y dónde la vieja madre Olalla? No veía sus rostros en parte alguna. ¿Los habrían dejado en trance semejante? ¿Es que tenían miedo de sayones o pícaros? No podía creerlo; pero ¿dónde se hallaban?

Los truhanes seguían con los gritos y hacían burla de Endrina. Henri deseaba romper en mil pedazos con sus zarpas de oso los ecos de aquellas sucias risas. Sin embargo, Endrina le pedía que siguiera a su lado, con su mano en la suya, esperando la prueba.

Y don Guillaume, ¿en dónde se hallaría? Si aún tuviera el tiempo suficiente para ir en su busca..., él sería el mejor valedor para su brava Endrina; porque no tenía dudas: su señor descubriría ante todos el secreto que guardaba en su pecho... Pero, si así lo hiciera, vano habría sido todo el peregrinaje. Llamándose Guillaume de Gaurin habría de llegar a Compostela. Aún sentía en los oídos las palabras del papa Celestino: «Habrás de ser romero que marche con pobreza. Nadie sabrá lo grande de tu casa, ni lo alto de tu nombre y tu linaje. Sólo por caridad recibirás ayuda. Y si alguien, conociendo quién eres, inclinara la rodilla ante ti o besara tu mano, o siendo también grande te llamara su amigo, el pecado que tienes en el alma seguiría contigo». Ninguno habría de conocerlo, en silencio y pobreza tenía que ir a Compostela...; pero entonces Endrina sufriría por su causa... ¡Gran Dios, que el hecho no era justo...! Sentía la cabeza apretada de angustias, parecía que se le iba a quebrar en pedazos pequeños... ¿Buscaba a su señor y abandonaba a Endrina? ¿Y si al cabo no llegaba a encontrarlo?, ¿quién podría defenderla de aquella agua que ya empezaba a hervir? ¡Derramaría el caldero, estaba decidido...! Saldría valedor de aquel valiente ratoncillo de campo con el cuerpo y el alma, de ninguna manera sufriría ella daño..., y luego, que sayones, merinos y toda la ciudad cayeran sobre él... Saint Jacques, la Gloriosa y San Martín de Tours vendrían en su ayuda... Después recuperarían la joya de la que eran custodios...

Pensando en ello estaba, esperando el momento de soltar las cadenas del oso enfurecido que agitaba su pecho; y de pronto, un nuevo sobresalto: la voz cansada y débil, pero determinada, de su anciano señor:

—¡Yo puedo responder por esa joven!

Asombro de truhanes y mendigos..., y en los labios del juez una nueva pregunta:

—¿Y cuál es tu nombre, peregrino?

Don Guillaume apenas si podía mantenerse en pie, la anciana Olalla le servía como segundo báculo; con manos temblorosas buscaba el peregrino, en lo más hondo de sus pobres alforjas, aquel salvoconducto que daba fe de su nombre verdadero. Estaba destinado a quien era arzobispo en Compostela. Si rompía su sello, vanos habrían sido pesares y caminos, y su pecado quedaría en su pecho sin perdón en el mundo.

—¡Yo sabré resistir, don Guillaume! No digáis ante hombres lo que nunca ante hombres dijisteis —le suplicaba Endrina, que, aunque nada sabía de aquel hondo secreto que oprimía su alma, había adivinado, desde hacía largo tiempo, que alguna grave causa explicaba huidas y silencios.

Don Guillaume, sin embargo, ya extendía un pergamino, doblemente signado con el sello del papa.

—¡No lo entreguéis, señor! —gritó de nuevo Endrina.

Al eco de su grito, siguió el eco de otro grito, todavía lejano:

—¡Endrina, hermana!

¡Por Santa María, qué grandes eran las prisas que traía el caballo! ¡Qué doblado el sonido que dejaban sus cascos...! Diago de Tabladiello, con el color mudado, apareció en la plaza sobre corcel de viento; tras él, caballero conduciendo una mula aguijada de angustias, venía, fuera de sí, el bueno y valeroso Sancho el flaco.

Entonces se tornaron las cosas, porque un rico comerciante, conocido y estimado por muchos, respondía, con su hacienda y su nombre, por la joven y humilde peregrina, y un truhán, antes alborozado y ahora temeroso, alejaba sus pasos quedamente...

Pero de nada le sirvieron sigilos ni cuidados, que aquellos que antes querían tener divertimiento con la desgracia ajena aún lo seguían queriendo, y nada se les daba que el reo fuera distinto...

—¡Juicio de Dios!

—¡Juicio de Dios...!

—¡Que no escape el felón que quería engañar a peregrina pobre! —gritaban con la misma ansiedad con que antes lo hicieran.

—¡Escarbó el gallo y encontró su cuchillo*! —murmuró la anciana Olalla, observando los ojos nublados de temor y de ira de aquel que habiendo hecho demanda se sentía demandado.

15. NADAR TODA LA MAR Y QUEDAR EN LA RIBERA

¡Cuánto alivio se podía leer en los ojos del anciano don Guillaume cuando tuvo de nuevo la joya entre las manos! Pero Endrina no podía entender la unción con que, una vez y otra, la llevaba a sus labios... Muy grande sería el valor de aquella joya, muy alta la causa por la cual la defendían... Pero ¡besarla, poniendo en ello el corazón y los sentidos...! Parecía estar besando mano de imagen santa, con rezo emocionado.

Don Guillaume advirtió de pronto su sorpresa:

—Mírala sin asombro, hija mía, que no es valor de oro ni de piedras preciosas lo que yo así venero —exclamó, abriendo el relicario, pues no era otra cosa el bello medallón que tenía en las manos—. Esta astilla que ves en su interior parece únicamente un áspero y mínimo pedazo de madero; sin embargo, perteneció al leño de la Cruz en la que fue a morir Cristo Nuestro Señor. ¿Lo entiendes ahora, Endrina? La dejó a mi custodia el maestro de la Orden de San Juan, allá en Jerusalén, hace apenas un año; fue por aquellos tristes días en los que el sultán de los turcos, Saladino, tomó la Ciudad Santa a los cristianos. En Jerusalén había yo confiado encontrar el perdón de mis culpas; no fue de esa manera, y ahora debo llevar pecados y reliquia hasta la hermosa ciudad de Compostela; sin ser reconocido y con mucha pobreza, pues todo el que me preste ayuda lo debe hacer sólo por caridad. A ti puedo decirte, pues ya me has dado pruebas mucho más que sobradas de amistad verdadera, que mi nombre no es Guillaume de Gaurin; pero aún no puedo darte noticias de mi casa o mi linaje; así lo impuso el papa: «Ninguno debe saber quién eres», dijo..., y ésa es la causa cierta y única de andar siempre ocultándonos de aquellos que puedan llegar a conocerme; gentes de noble cuna suelen ser, Endrina, buena amiga... Y vamos sin pausa ni sosiego a todas partes; eso a ti te disgusta, lo advertí hace ya largo tiempo y me da gran pesar, créemelo; pero debemos llegar de prisa a Compostela, que tengo los ánimos gastados, el cuerpo envejecido, y temo que, estando todavía en el camino, la muerte, que señala y no espera, extienda delante de mi vida su brazo descarnado y detenga mis pasos para siempre.

—¡Llegaréis, señor! De ello estoy por completo segura —murmuró Endrina, poniendo, suavemente, su mano fuerte y joven sobre la mano, vencida por el tiempo, de don Guillaume.

Hermosos días siguieron en León de paz y descanso.

Al lado de Diago de Tabladiello tenían buena casa, buena mesa, ropa limpia, sandalias bien compuestas... Después, cuando partieron, recibieron las monedas necesarias para llegar sin apuros a la ciudad de Compostela y, por si fuera poco, cuatro mulas fuertes y jóvenes, para que, cabalgando, los caminos no les fueran tan largos ni tan ásperos.

El buen Diago quiso llegar con ellos hasta el hospital de Órbigo, porque muchos de los peregrinos y la escolta de caballeros de la Orden de Santiago, con los que partieron del hostal de San Marcos, habían determinado desviarse, según era costumbre, del camino derecho que iba a Compostela para llegarse antes a San Salvador de Oviedo y orar en la Cámara Santa, que ya lo decía el proverbio: «Quien va a Santiago y no a San Salvador, honra a criado y olvida a señor*». Pero don Guillaume, aunque también deseara ir, se sentía enfermo y tenía grandes prisas por postrarse de hinojos delante del sepulcro del apóstol de España.

—A la vuelta iremos a rezar al Señor Jesucristo a la Cámara Santa de Oviedo —decía Henri para contentarlo.

—San Salvador estará en su lugar lo mismo a la ida que a la vuelta; no tengáis pesar, que es cosa tan segura como que el día llega descorriendo las sombras de la noche —añadió la vieja Olalla.

Desde León a Órbigo, el camino, aunque duro, fue tranquilo. A pesar del desánimo que producía ver páramos enormes y el horizonte extendido siempre delante de la vista. Atardeciendo llegaron al hospital que regían caballeros de la Orden de San Juan. El río Órbigo, cantando mansedumbres bajo puentes de piedras, unía rumores de aguas claras a himnos peregrinos.

En paz y satisfecho se volvió el buen Diago hacia León, porque dejaba a Endrina y sus amigos bien aposentados y porque, además, en el hospital habían trabado conocimiento con una familia de gente piadosa, y al parecer prudente, que también marchaba a Compostela. Estaba la tal familia compuesta por tres mozos fornidos y un niñuelo avispado, además de padre y madre.

Partieron de Órbigo con un nutrido grupo de peregrinos y una numerosa escolta de caballeros de la Orden de San Juan; y nada sucedió digno de ser contado ni en el lugar de Astorga ni en el de Ponferrada, ciudades ambas prósperas y muy hospitalarias. Luego siguieron caminos con cantos, himnos y narraciones. Marchaban jubilosos porque iban seguros y en buena compañía, y porque todos sabían que, pasadas las tierras de León, Galicia era ya una promesa cercana.

Delante de los ojos tenían un bello y abrupto paisaje que subía y subía para descender luego, bordeando precipicios sin fondo... En la distancia, algún castillo solitario y solemne con torres guardando soledades y almenas custodiando silencios... ¡Tierras altas del Bierzo, hermosas y calladas! Antiguo lugar de oración y retiro, de cenobios y ermitas... Entre despeñaderos, fresco rumor de aguas, valles verdes y hondos..., y al frente un arco lejano de montañas vestidas con tonos diferentes: azules, pardos, rojizos, cenicientos...

«¡Qué bellos son a veces los caminos que van a Santiago!», se decía Endrina, sintiendo aquel silencio tan profundo que no podían quebrar cascabeles de mulas, cantos de peregrinos ni murmullos de arroyos descendiendo entre peñas. El verde nuevo de las hojas de junio dejaba alegres sombras en los senderos... También Endrina sentía el alma alegre. Sin embargo, alegría y sosiego habían de convertirse muy aprisa en cuitas e inquietudes.

Descendiendo laderas verdiazules, el camino se abría primero en suavidad de prados, después en umbría de bosques, por fin en viñedos y campos cultivados.

Avistando a lo lejos Villafranca, el canto de la anciana buscaperdones se alzaba sobre los otros cantos.

—¡Ay, madre Olalla, que parecéis la más joven de todos los romeros! —exclamó Dulcia Gómez, mujer de Domingo Domínguez, aquellos a los cuales habían conocido en el hospital de Órbigo, y que tantas solicitudes les habían mostrado durante todo el día.

La anciana sonrió complacida:

—Gastado tengo el cuerpo, pero enteros y alzados conservo el corazón y el ánimo.

—Y siempre habrán de estarlo, según parece.

La vieja Olalla sonrió nuevamente.

«¡Cuán alegres y vivos son todavía sus ojos!», pensó Endrina.

Entraban entonces en el burgo de Villafranca del Bierzo; muy cerca se encontraban de la iglesia llamada de Sant Yago, celebrada entre las muchas de su mismo nombre que había en el camino que iba a Compostela porque, por concesión del papa, todos los peregrinos que no tuvieran fuerzas, por males del cuerpo o del espíritu, para poder llegar a Compostela a postrarse ante el sepulcro del apóstol de España, podrían alcanzar en aquel lugar de Villafranca las mismas indulgencias que si ya estuvieran en Galicia.

La anciana Olalla, creyendo que tenía el cuerpo tan recio y tan lozano como el alma, desmontó de la mula sin ayuda, con tan triste fortuna que, cayendo hacia atrás, quedó tendida en la calzada.

Sus amigos acudieron angustiados a ella, hallándola con los ojos cerrados y la color perdida. Endrina, temiendo que su alma se hubiera alejado de este mundo, la tomó de las manos y la llamó a gritos por su nombre:

—¡Madre Olalla! ¡Responde, madre Olalla, que no puedes habernos dejado todavía! Vuelve en ti, buena amiga, porque aún es temprano para emprender la marcha hacia los cielos.

Henri y don Guillaume buscaban también la forma de prestarle auxilio, y aquella Dulcia Gómez, mujer de Domingo Domínguez, lloraba con voces muy altas y quebradas; *Juan sin cuitas* ladraba al aire, e iba de un lado para otro sin saber en qué pararse; seguramente trataba de entender qué estaba sucediendo. Endrina seguía en su llamada:

—Madre Olalla, ¿me oyes? ¡Vuelve en ti, que aún no es la hora de marchar al encuentro de Dios...! ¡Óyeme, madre Olalla!

De pronto, la anciana buscaperdones abrió de par en par los ojos y, después de una breve mirada de estupor, esbozó una sonrisa:

—Te oigo, Endrina, y son tus palabras de mucha sensatez; tienes razón, hijuela, aún no se cumplió el tiempo que me fue concedido —exclamó, tomando entre las suyas las manos asustadas de Endrina—. Y sábete que no es Olalla la buscaperdones de aquellas que nadan todo el mar para luego morir en sus orillas.

Un suspiro de alivio se abrió en todos los pechos; pero cuando la buena anciana trató de alzar su cuerpo, no pudo conseguirlo. Entonces perdió todos sus ánimos y dejó a su congoja romper sin ningún freno:

—¡Ay, cuitada Olalla, que diecinueve veces llegaste a Compostela para pedir perdones para culpas ajenas y ahora, cuando ibas a rogar por tus propios pecados, se te torció la suerte, o el señor Santiago cerró la puerta de su templo en tus propias narices...! Desdichada mujer, castigo ha de ser este que viene de lo alto...

Henri Bernat la tomó entre sus brazos con el mismo cuidado con que se alza a un niño pequeño:

—No es castigo del cielo, madre Olalla, sino mala fortuna; y recuerda que en buen lugar estamos para obtener el perdón de tus culpas —exclamó, marchando suavemente, para no lastimarla, hacia aquella iglesia, por todos conocida, que llamaban de Sant Yago del Bierzo.

Cuando la anciana buscaperdones recibió la santa comunión y obtuvo la indulgencia que concediera el papa, del mismo modo que si ya hubiera llegado a Compostela, se olvidó de sus lágrimas y, recobrando sus ánimos perdidos, se volvió a sus amigos:

—Marcharé a Santiago de Galicia cuando sane mi cuerpo. Tuve males mayores y a todos los vencí. Llegaré a Compostela, empeño mi palabra. Porque pasé todos los años de mi vida haciendo canastos con mimbres ajenos, y ya es hora de que empiece a labrar en mi propio provecho —exclamó con mirada serena y determinada.

Emplearon cuantos sueldos habían recibido de Diago de Tabladiello en beneficio de la anciana Olalla. Dejándola en buen hostal y en buenas manos, y después de buscar médico de ciencia conocida que curara su cuerpo malherido, hubieron de seguir el camino, aunque con hondo sentimiento.

—Cumplido el peregrinaje, nos detendremos a tu lado el tiempo que sea necesario —le dijo don Guillaume, cuyo ánimo sufría muy grande debate sintiendo gran tristeza por dejarla allí sola y deseando al mismo tiempo seguir a Compostela prontamente.

—Cuando lleguéis de vuelta no me hallaréis aquí; buscadme, si queréis encontrarme, en los caminos que llevan a Galicia.

—Que Sant Yago y la Gloriosa os ayuden, madre Olalla.

—Que Sant Yago y la Gloriosa os guarden y acompañen en todos los caminos. Y ahora, marchad aprisa, que largo tiempo os resta todavía para llegar —murmuró la buena Olalla, haciendo muy grandes esfuerzos para mantener la voz serena y los ánimos enteros.

Tristemente partieron pues de Villafranca del Bierzo, con la única compañía de aquel Domingo Domínguez y su familia, que con mucha insistencia se empeñaron en quedar junto a ellos durante todo el tiempo que emplearon en aposentar a la anciana buscaperdones. Y de gran manera se lo estaban agradeciendo, porque solitarios, ásperos y abundosos en lobos y bandoleros eran aquellos montes que separaban León de Galicia. De los lobos sólo oyeron los aullidos lejanos; pero a los bandoleros los tuvieron muy cerca.

16. LA SUBIDA AL PUERTO DEL CEBRERO

Saliendo de Villafranca, el camino, igual que una serpiente, se torcía y se enderezaba siguiendo el curso del río Valcarce. Después se volvía más curvo y empinado. El paisaje era verde y umbrío cerca del agua, verdipardo en las faldas de las montañas. En la lejanía, de nuevo algún castillo alzando sus torres vigilantes sobre pequeñas villas y tierras cultivadas... Más tarde comenzaba aquella áspera subida al puerto que llamaban del Cebrero. En Villafranca habían oído que, en lo más alto, la soledad era tanta, el silencio tan hondo y el cansancio tan grande, que muchos peregrinos creían no poder llegar hasta la cima, y que algunos, de entre los más ancianos o los más débiles, habían dejado caer, al lado de una roca o junto a un matorral, sus cuerpos y sus ánimos para no alzarlos nunca.

Así decían en Villafranca; pero Endrina pensaba que tales cansancios y tales desalientos debían de suceder avanzando en los montes, porque comenzando a subirlos, con la mañana aún mojada de aurora, las fuerzas se mantenían enteras; además, tenían cuatro mulas para aquellos a los que les fueran necesarias. Las dos de pasos más suaves eran para don Guillaume y Dulcia Gómez; las dos restantes, a trechos para unos y a trechos para otros. Por tanto, la subida a aquel puerto no parecía darles muy grande desazón, más bien marchaban calmados y animosos. Y si alguna vez se volvía la vista atrás, divisaban a lo lejos la alegría de los campos comenzando a dorarse con trigos de verano, o en el verde sosiego de los prados, la amable mansedumbre de rebaños de vacas y ovejas. La mañana era hermosa, Galicia estaba cerca, iban en buena compañía y tenían cuatro mulas. ¿Qué más necesitaban? Únicamente la ausencia y el recuerdo de la buena Olalla les menguaba el contento.

A mitad del camino tomaron un descanso, y Endrina, por ver de divertir al pequeño Sanchico, empezó con los juegos que él pedía: el niño se ocultaba y ella trataba de encontrarlo, luego hacían lo contrario. En uno de aquellos busca y mira, oyó susurros entre los matorrales. Era la voz de Dulcia Gómez, y estaba, según parecía, en pláticas secretas con sus hijos mayores. Lo que oyó, sin quererlo, la sumió en un mar de confusiones:

—Aún no es la hora propicia ni el lugar seguro; alguien pudiera oírlos y acudir en su ayuda... Es mejor esperar, que vale más andar con pasos lentos y llegar, que ir con muchas prisas y perder el camino...

¿Qué sentido tendrían sus palabras?, se preguntaba Endrina, confundida. ¿Y si aquellos en quienes confiaban no tuvieran de peregrinos otra cosa que el hábito? ¿Y si fueran rufianes? ¿Y si sus buenas palabras y mucha amabilidad no fueran sino engaño y ocultas y malas intenciones...? Pero ¿qué irían buscando de peregrinos pobres si nada sabían de la riqueza del relicario que tenían en custodia y si los sueldos y dineros que les diera Diago se los dejaron en Villafranca para alivio de la anciana Olalla? ¿Serían las mulas...? No merecían la pena, que para hacer tal pasta menguaba harina...

—¡Uh, uh, ya te encontré! —exclamó con los ojos brillando de emocionado gozo el pequeño Sanchico. Endrina, mirándolo, olvidó anteriores sospechas.

El niño le mostraba una tal amistad que llegó a pensar que no era ella sino moza ruin y desconfiada: «Cosas suyas serían, o estarían narrando algún hecho ocurrido a otras personas», se dijo avergonzada.

Pero subiendo más alto, cuando ya no veían otros caminos que aquél tan áspero que ascendía entre montes, cuando nada se oía en la distancia sino el rumor del viento y el canto de algún pájaro, los que eran lobos lo volvieron a ser y los que eran corderos quedaron a merced de sus dientes... Hasta Sanchico, el niñuelo de los ojos brillantes, empuñaba un cuchillo y reía; y fue su risa la que, por encima de todo sentimiento, causó una mayor desazón a Endrina, más que la sorpresa, el miedo o la ira.

Henri, pasado el primer estupor, saltó adelante con la enorme fuerza del oso que se encuentra en peligro; pero eran tres mozos los que lo habían cercado, fuertes y jóvenes, decididos a todo y bien provistos de muy grandes cuchillos.

Frente a don Guillaume y Endrina, tres cuchillos también, los de Domingo Domínguez y Dulcia Gómez, su mujer, y el del pequeño Sanchico.

Endrina miraba aquellos ojos henchidos de maldad... ¡Por Santa María, los creyeron amigos...! Cuán distintos les parecían ahora...

—¡Tomad pronto las mulas y dejadnos marchar! —gritó Henri con tales ademanes que Endrina en nada tuvo que hacer de lenguajera.

—Las mulas las tomaremos luego, que mejor

es andar sobre patas ajenas que sobre piernas propias; pero ahora entregadnos la joya —exclamó, con palabras alzadas y seguras, Domingo Domínguez; sus manos, que eran signos de prisa y amenaza, extendían sus ansias hacia el pecho asustado de don Guillaume.

Endrina miraba a aquel grandísimo truhán con enorme extrañeza: ¿de qué forma podría saber que tenían en custodia el precioso relicario?

—No entiendo de qué hablas —respondió don Guillaume simulando ignorancia.

Oyéndolo, el asombro de Endrina fue en aumento, como en aumento fue la ira de aquellos falsos peregrinos que, describiendo con señales completas la joya que buscaban, la pedían con premura doblada.

Don Guillaume y Henri, entendiendo lo dicho sin entender palabras, también sumaron asombro a la inquietud que antes habían sentido.

—¡Entregadnos la joya! —gritó Domingo Domínguez con la voz preñada de amenazas.

Los peregrinos fingieron nuevamente no entender aquello que entendían con claridad de día de verano; mientras tanto, seis cuchillos desnudos empezaban a mostrarse alterados, y otra vez la soledad del monte fue herida por un grito, apretado de furias y de prisas:

—¡Entregadnos la joya o aquí dejáis la vida!

—No tenemos ni una sola moneda y nos habláis de joyas... —osó decir Endrina.

Sus palabras quebraron por el centro el hilo que aún ataba la ira de los jóvenes, y uno de ellos, con mano violenta, rasgó las pobres vestiduras de don Guillaume, y no halló debajo de su hábito ni joya ni monedas, sino gruesa cadena de cruel hierro clavándose en su pecho.

«¡Oh, Dios, qué grande y dura penitencia para tan débil cuerpo!», pensó Endrina con dolorido asombro.

Sin embargo, no fue el suyo el único estupor, que la familia entera de Domingo Domínguez tenía la sorpresa en los ojos, aunque por causas distintas, y la furia en los labios.

—¿Dónde tenéis la joya? —gritaban con voces de sorprendida rabia.

Aprovechando descuidos de iras y estupores, Henri arrojó el peso de su cuerpo contra los asombrados mozos; pero, después de una enconada lucha, los golpes de tres pares de puños tuvieron mayor fuerza.

Y entonces fue su joven pecho de oso el que quedó desnudo... La furia de aquellos bandoleros ya no tenía límites: rompían vestiduras, buscaban, maldecían:

—¡Por el rey de todos los diablos! ¿Dónde tenéis la joya?, ¿dónde?, ¿dónde?, ¿dónde...?

Fue el pequeño Sanchico el que quiso rasgar el hábito de Endrina.

—¡Por Santa María, Sanchico, que eres el hijo más pequeño del mismo Satanás! —exclamó ella, cruzando sus brazos sobre el pecho.

—¡La tiene Endrina! ¡La tiene Endrina! —gritaba el mal rapaz.

Los ojos de Henri Bernat eran ojos de animal acosado y peligroso; los de don Guillaume estaban inundados de honda angustia. ¡De qué modo se arrepentía ahora de haber dejado la joya en custodia a Endrina! «Si hallamos bandoleros, nunca habrán de creer que una moza de cuerpo tan menudo y años tan escasos pueda llevar cosa de gran valor», había pensado.

«Siendo tú la más joven y de pies tan ligeros tendrías fácil la huida», le había dicho al salir de Villafranca. Sin embargo, ¿cómo podrían pensar que los ladrones los llevaban consigo?

El corazón de Endrina golpeaba en su pecho, allí donde, entre camisa y hábito, ocultaba la joya.

Sanchico no cesaba en sus gritos:

—¡La tiene Endrina, la tiene Endrina!

Seis pares de ojos codiciosos posaron sus miradas de aves de rapiña sobre el cuerpo de Endrina.

—No tengo joya alguna; sin duda, las fiebres tomaron vuestras mentes y habláis sin sentido.

La mano de Dulcia Gómez se adelantó a su pecho. La joven se revolvía como pez sacado de las aguas. Domingo Domínguez quiso también tomarla por la fuerza.

—Si alguno le toca un hilo de sus ropas, ha de ser hombre muerto, aunque sea lo último que yo haga en mi vida —gritó fuera de sí el buen Henri, olvidando que no entendían su lengua y que había tres cuchillos rozando sus espaldas.

—¡Tú calla, toro de cuernos rotos! —exclamaron los mozos que lo tenían sujeto.

—Ya todos conocéis los fueros de estas tierras: aquel que hiciere agravio en cuerpo de mujer, tiene pena de horca —profirió Endrina, protegiendo su pecho con redoblado empeño.

—Ni tú eres mujer, ni a nosotros habrá sayón que pueda detenernos —respondió entre risas soeces aquella Dulcia Gómez que antes fuera de palabras tan medidas y amables.

—Entrégala, hija mía, que de nada valdrá que te resistas —exclamó, con la voz henchida de congojas, don Guillaume.

Pero Endrina se revolvía gritando; sus voces se iban a estrellar de roca en roca, y de un monte volaban a otro monte..., más altas cada vez. Quizá subieran peregrinos o pudieran oírlas caballeros de San Juan o Santiago que estuvieran haciendo su ronda caminera.

—Calla y dame la joya, moza necia —exclamó aquel mal Domingo Domínguez, liberando su ira, en forma de enorme bofetada, sobre el rostro de Endrina.

El bravo *Juan sin cuitas*, viendo a su dueña de aquel modo atacada, cayó como flecha peluda sobre la pierna del malvado truhán, y clavando los dientes en sus carnes, de ningún modo quería soltar su presa. La furia de Henri Bernat ya no tuvo medida y en nada le importaban cuchillos ni ojos de amenazas: un joven bandolero fue a caer entre peñas a causa de la fuerza del peso que se le vino encima, en seguida fue otro a hacerle compañía... Después ya sólo hubo golpes y enorme confusión. Domingo Domínguez, humillado por bravura de perro tan pequeño que apenas tenía sombra, maldecía y gritaba tratando de librarse de aquellos dientes mínimos que herían como garfios. Dulcia Gómez andaba amenazando a don Guillaume; únicamente el pequeño Sanchico alzaba su cuchillo ante el pecho de Endrina, que con gran facilidad habría podido librarse de su acoso.

—¡Corre, Endrina, corre! —gritaba Henri.

Pero allí estaba, nuevamente vencido por tres cuchillos que temblaban de ira e impaciencia.

—Dejadlo libre ahora y os entrego la joya —exclamó al fin Endrina, temiendo por su vida.

—No la entregues, Endrina. ¡Corre, huye con ella! Yo sabré defenderte —suplicaba Henri.

Endrina tendió la vista en derredor: soledad de riscos y quebradas, ni una voz a lo lejos, ni unos pasos subiendo... Nadie había que pudiera ayudarles... Al cabo, con mano aún dudosa, se buscó entre las ropas... Después abrió los dedos, y en su palma extendida el sol se hizo pedazos sobre un temblor de rubíes y perlas... El eco de seis risas de burla y triunfo hirió el hondo silencio de los montes.

En seguida los falsos peregrinos emprendieron la huida sobre mulas robadas, dejando tras ellos el eco de sus risas.

Henri descargaba en el aire la furia de su pecho; sus insultos y gritos se iban a estrellar contra las rocas sin servir para nada. Don Guillaume, sin embargo, tenía perdida la palabra. Y de pronto, Endrina soltó la negra espesura de sus trenzas. Henri la miró como se mira a quien, en un instante, pierde toda la razón. Endrina sonreía extrañamente, mostrándoles un retazo de paño varias veces doblado.

¡Oh, Dios, cuán alegre emoción después de tan grande amargura! En su interior se hallaba la astilla de la Cruz del Señor Jesucristo...

—Pensé que hallando bandoleros revolverían en alforjas y ropas en busca de cosas valiosas, y por ello se me vino a las mientes la idea de ocultar en mi pelo la sagrada reliquia; sin embargo, he perdido la joya que le servía de guarda. Resistí cuanto pude; pero llegué a creer que la vida de Henri estaba en muy grave peligro —explicó Endrina.

Los ojos de don Guillaume volvieron a la vida; sus labios apenas podían expresar la hondura de su gozo:

—De nada valen el oro, los rubíes o las perlas, que eran sólo envoltura; lo que importa es la reliquia santa de la Cruz del Señor. ¡Bendita seas mil veces, hija mía querida!

—Ay, Endrina, muy altas son las torres de Francia, muy anchos son sus ríos; valientes son sus hombres, hermosas sus mujeres; pero doy fe de que no hay tierras mejores que aquellas que te vieron nacer; ni en toda Francia ni en el mundo entero, una moza siquiera parecida a mi valeroso e inteligente ratoncillo de campo —exclamó Henri, rebosando alegría.

Siguieron monte arriba; el relicario negriazul de las trenzas de Endrina, que según decía Henri era mucho más hermoso que ninguna otra joya, guardaba nuevamente el trozo del madero de la Cruz del Señor Jesucristo. El camino era estrecho y muy áspero; ascendía entre riscos terribles, profundas quebradas y picos bordeados de nubes; apenas si encontraban la sombra de algún árbol o el alivio de una flor de verano; no había señal de vida y el sol despeñaba sus rayos de un monte en otro monte. Sin embargo, a pesar del calor y el enorme cansancio, el canto de los tres peregrinos alegraba la tarde de julio.

17. LA GRAN CULPA DE DON GUILLAUME DE GAURIN

Con quebranto y cansancio, pero ya libres de cuitas, llegaron al monasterio del paso del Cebrero, lugar en el que, en soledad y silencio, vivía un puñado de monjes; los pocos que tenían las fuerzas suficientes para, olvidando melancolía y desánimos propios, aliviar desánimos y melancolías de cansados romeros.

¡Qué inmenso el paisaje! ¡Qué parda altura de montañas clavándose en el cielo azul oscuro de la tarde, ya tocado de noche! El silencio era tan hondo y tan extenso que lo envolvía todo, montes, camino, lejanía, cansancio..., y llegaba hasta el cuerpo, rozándolo primero, entrando luego hasta lo más profundo para oprimir el alma. Hacía frío allá arriba, a pesar del verano.

—Es el lugar más triste y desolado de la tierra —murmuró Endrina.

—Tú dices eso porque no has visto nunca cierto lugar de Francia —exclamó Henri.

—Ay, Henri, que ahora me recuerdas el dicho del proverbio: «Yo el primero, aunque sea para llegar a la horca» —rió Endrina.

Las risas de Henri y don Guillaume se le unieron. Los dos iban contentos a pesar de la gran soledad y de la honda tristeza de los montes. Parecían alegrarse del robo de la joya:

—De este modo marchamos con menores cuidados —decían.

A don Guillaume, soledad y silencio no llegaban a tomarle los ánimos... Con las ropas rasgadas y el cuerpo jadeante y quebrantado, sonreía mirando, sin ver nada, más allá de riscos y quebradas.

—Detrás está Galicia —susurraba—. Y no son éstas montañas de tristeza; son montes de esperanza... El silencio no es un silencio triste; lo envuelven los misterios de cosas que nunca entenderemos, pero que son hermosas.

Parecía un hombre diferente, sus ojos tenían una nueva mirada. Fue aquella noche, en la húmeda y mal iluminada cocina del monasterio, ante un cuenco de sopa con escaso aderezo, cuando Endrina conoció la historia que, aunque ya antigua, don Guillaume siempre tenía en su mente.

En susurros, con mucha lentitud, comenzó el anciano a desgranar palabras doloridas:

—Escucha, Endrina, buena amiga, tú has estado en peligros y quebrantos por mi causa. Durante mucho tiempo ni siquiera supiste el motivo por el cual los corrías. No entendías nuestro marchar constante; sin embargo, marchabas; peleaste lo mismo que un cruzado sin saber el valor de tu lucha. Ahora ya conoces que somos custodios de un tesoro precioso y el motivo por el cual tenemos que ocultarnos. Sin embargo, no sabes todavía por qué este anciano pecador comenzó hace ya más de tres años tan largo peregrinaje sin otra compañía que la de un fiel amigo. Ya es hora de que sepas la causa. Escúchame, hija mía, y después escupe tu desprecio a mi rostro, que no oirás de mí ni disculpas ni quejas.

Endrina inició una protesta, pero don Guillaume puso un dedo en sus labios.

—Escucha antes la historia de un mal caballero que gozó siempre sin mirar si detrás de su gozo iba dejando daño. Hoy me duele en lo hondo, pero en días pasados traté a muchos de mis siervos como a perros sin raza; de mis amigos tomé la compañía cuando estaban alegres y los dejé olvidados en horas de tristeza... Ese hombre fui yo, lo reconozco, Endrina; sin embargo, nunca tuve las manos manchadas con sangre de inocentes. Pero una mala noche, de muy triste recuerdo, divisé entre las doncellas de mi casa a la que, con sólo una mirada, me tomó la razón y alteró mis sentidos. La requerí de amores y no escuchó mi voz porque, según me dijo, su corazón no era su corazón, puesto que lo tenía entregado a un joven a quien amaba mucho. Ni halagos ni amenazas le mudaron el ánimo.

»Entonces, loco de falso amor, busqué al hombre que tenía por suyo lo que yo deseaba. Resultó ser un joven halconero al que siempre aprecié por su mucha destreza con las aves y su buen natural, y sin pensar en eso, determiné arrebatarle aquella a quien amaba. Estando un día de caza los dos solos en lugar apartado, le ordené que dejara mi casa y mi servicio con las mayores prisas; libre estaba, por tanto, para tomar señor en cualquier otra parte, y no habría de tener ningún duelo por ello, pues partiendo marcharía con la bolsa colmada hasta los bordes.

»Respondió que, aunque nada entendía, partiría con premura, y que sólo pedía el tiempo suficiente para llevar consigo a una doncella a la que había prometido tomar en matrimonio.

»Le dije entonces que doblaría su bolsa si, olvidando a la mujer, iniciaba la marcha aquella misma tarde. Pero él, comprendiendo de pronto la intención que bullía en mi mente, levantó su vista hasta la mía y me dijo que no había en todo el mundo una bolsa tan grande que valiera lo que valía un cabello de aquella a la que amaba.

»Me enfureció de tal manera que, siendo yo su señor y siendo él mi siervo, osara oponerse a mis deseos y lo hiciera con la mirada en alto, que blandiendo mis armas lo amenacé de muerte. Inició el halconero la huida por el bosque adelante, y yo seguí sus pasos empujado de iras. Hallando una vieja y solitaria ermita, se acogió al amparo de aquel santo lugar, y yo me entré tras él, olvidando el antiguo y sagrado derecho de asilo. Lo hallé pidiendo protección al pie de una bendita imagen de la Virgen Gloriosa. Sus dedos se aferraban a las sayas de Santa María como dedos de náufragos se aferran a tablas de navío. Y allí mismo, sin escuchar sus voces suplicando piedad, acabé con su vida. Las faldas de Santa María se tintaron de sangre, y fue entonces, viéndolas mancilladas, cuando paré mientes en mi terrible crimen y caí en tan grande congoja que quedé ausente de este mundo durante largo tiempo; no sé si fue vahído natural o justa ira de Dios que me hirió como un rayo.

»Durante muchos días escuché en mi interior el sonido de voces que contra mí clamaban. Quise buscar perdón y no encontré clemencia en abad ni en obispo. Ninguno podía perdonar a aquel gran pecador que profanó el derecho de asilo y deshonró a la Virgen Gloriosa. Tampoco yo podía perdonarme.

»Por ello partí como romero a Roma. Henri quiso venir conmigo, porque Henri no es criado ni amigo, es mucho más que eso, Endrina. Hijo fue de un muy buen y noble caballero al que yo llamé hermano, quien, muriendo todavía con las barbas negradas, lo dejó a mi cuidado. Es, por tanto, el hijo que no tuve y el que quise tener. En Roma no encontré el perdón que buscaba, que el papa no juzgó mi culpa redimida y no quiso otorgármelo. Por hacer penitencia mayor, marchamos luego hacia Jerusalén, y tampoco en aquel lugar santo pude hallar indulgencia... Lo demás, ya lo sabes, Endrina... Enorme fue mi culpa, muy grande ha de ser, por tanto, mi castigo, de ello no me quejo; pero están mis fuerzas quebrantadas; varias veces pensé dejar la vida en el camino, otras tantas temí que alguno llegara a conocerme, y muchas más estuve en cuitas a causa de la Santa Reliquia.

»Muy grandes son las prisas que tengo por llegar a Compostela, ya la siento cercana; pero ¿podré llegar? Me oprime ese temor porque, si no pudiera postrarme a los pies del altar del señor Santiago, ¿hallaría perdón en los cielos sin haberlo alcanzado en la tierra?

La voz del anciano peregrino se perdió en un susurro; después de una breve pausa, sonó otra voz, débil y avergonzada:

—Y ahora, Endrina, ya sabes cuanto debías saber; todo te lo he contado, sólo silencié el nombre que antes fue el mío. Yo abomino de él; abomina, aun sin conocerlo, tú también, y piensa en mí como el más miserable de los hombres y como el más desgraciado, pues carezco del único tesoro verdadero, que es la gracia de Dios y el favor de su Madre Gloriosa. Y temo no llegar a obtenerlos nuevamente, que estoy cansado y viejo; el tiempo es mi enemigo, hija mía; él siempre va delante, sin pausa ni descanso...

Un silencio más profundo que el del monte en la noche se extendía por la oscura cocina del monasterio. La mirada de don Guillaume se clavaba en el suelo; Henri tampoco hablaba. El espíritu de Endrina estaba confundido. En lo hondo del alma sentía un frío de tristeza. ¡Oh, Dios, cuán grande fue la culpa del que creía justo...! De pronto alzó la mirada, los ojos del buen Henri la miraban colmados de inquietudes; tras mirarla, se volvían a la anciana figura, inclinada por carga de enorme pesadumbre, que no osaba moverse ni levantar la vista... Endrina entendió el mensaje y la súplica que había en la mirada de Henri: muy grande fue el pecado, ciertamente; pero muy grande era también la penitencia...

¡Ay!, que aquel grande oso bermejo seguía a don Guillaume sin pensar en culpas ni juicios, y le estaba pidiendo que ella hiciera lo mismo...

Endrina dudó todavía un momento, después tendió la mano a través de la mesa:

—¡Levantad el espíritu, que yo siento dentro del corazón una voz que me dice que la Madre de Dios os tiene ya saldada vuestra deuda! —exclamó, oprimiendo los dedos del anciano.

¡Qué sonrisa de alivio en los labios de don Guillaume! ¡Qué abierta alegría en la cara de Henri! Toda la noche tuvo los ojos prendidos en los de Endrina.

No se detuvieron en el monasterio del Cebrero sino el tiempo necesario para recobrar las fuerzas y recomponer sus destrozadas ropas. Desde allí el camino fue ya, en su mayor parte, un tranquilo bajar, aunque los senderos seguían estando envueltos en soledad y silencio. Don Guillaume parecía más joven y animoso, y Henri no cesaba en sus cantos:

A nuestro amor le ocurre igual
que a la rama del blanco espino,
que temblorosa sobre el árbol
de noche está, bajo la helada lluvia,
hasta que al día siguiente el sol se extiende
por las verdes hojas, por la rama...

Sus ojos se paraban una y otra vez en los de Endrina sin que hubiera otro mayor motivo que el de querer hacerlo, y el corazón de la joven romera rebosaba alegrías; no sabía con certeza el porqué. ¿Sería por los ojos de Henri o sería porque julio se alzaba jubiloso entre el verdor de árboles y prados?

Llegaban a Galicia, llovía mansamente, el alma se les mojó de gozo. ¡Por fin, Galicia! Después de tan largo camino casi no lo creían.

¡Compostela se les iba acercando! Siguieron por alegres caminos, que todos los lugares ya les eran amables. Triacastela, en donde, pocos años atrás, los peregrinos tomaban una piedra caliza para ir a dejarla más tarde en Castañeda, lugar en el cual se les daba labor para ser empleadas en las obras de la catedral de Compostela. Pero ahora corría el año del Señor de mil ciento y ochenta y ocho, y el templo del apóstol ya estaba terminado.

Después de Triacastela, Barbadelos, Portomarín, a orillas del río Miño, Salas de la Reina, Palas del Rey, Liboiro..., y entre villas y pueblos, hermosura de prados, colinas, riachuelos con orillas de verde florecido y rápidos murmullos de aguas claras; además, iglesias, hospitales, castillos, monasterios... ¡Caminos de Santiago, largos de tiempo y trabajo, ya tocando a su fin!

En Castañeda, don Guillaume tuvo grandísimo contento: sucedió que llegando al hospital de peregrinos pobres encontraron un numeroso grupo de romeros de distintos lugares. Los había francos, lombardos, ingleses, teutones..., y como el alboroto era grande y don Guillaume poco amigo de ello, salió de la cocina a contemplar estrellas, y bajo la hermosura de una noche de julio, oyó la buena nueva que le alegró el espíritu. Se la dio un lenguajero inglés, quien le dijo que corría la noticia de que el emperador germano Federico, el de la barba roja, estaba preparando una nueva Cruzada a los Santos Lugares, y según había oído, era más que posible que el rey de Francia, Felipe Augusto, también se le uniera...

El corazón de don Guillaume palpitaba de gozo: ¡Jerusalén sería nuevamente cristiana, y el sultán Saladino habría de volver con sus huestes a tierras de Turquía!

—Y el viejo rey Enrique de Inglaterra, ¿no marcha a Tierra Santa? —preguntó.

—Pleito tiene en su casa, hallándose en disputas con sus hijos; y dicen que su esposa, la reina Leonor, desde su retiro en tierras de Aquitania, se mueve y habla en su contra y en favor de los príncipes. El rey, aunque ya viejo, es todavía un león con las zarpas dispuestas a defender el trono. Sin embargo, se dice que el príncipe Ricardo, si vuelve nuevamente al favor de su padre, partirá también a los Santos Lugares. Por cuanto tengo oído, de los reyes de España ninguno marcharía, que tienen cruzada permanente en puertas de sus reinos.

¡Qué hermosa noche aquélla!: bajo brillos de estrellas una tan gran noticia...

Al alba partieron de Castañeda en buena compañía de romeros ingleses, franceses, lombardos, teutones... Alegres eran los cánticos en la verde mañana de Galicia:

¡Herru Sanctiagu!
¡Got Sanctiagu!...
¡Aleluya!, que Compostela ya está próxima.
¡Aleluya!

Don Guillaume parecía haber olvidado sus años y temores. ¡Llegaría a Santiago! ¡Hallaría el perdón de su culpa! ¡Dejaría en manos del arzobispo la Sagrada Reliquia...! Henri y Endrina, viéndolo tan alegre, se alegraban también, y hasta *Juan sin cuitas* le iba y le venía con saltos jubilosos.

Cuando llegaron al arroyo que llamaban de Lavacolla, buscaron un lugar recóndito, oculto por árboles espesos, y, entre cantos y risas, lavaron sus cuerpos y sus hábitos. Era aquél remanso de alegrías, donde cuerpos jóvenes y viejos dejaban correr, entre aguas tranquilas, cansancios y polvo del camino, porque habían de entrar en Compostela descansados y limpios.

Después de Lavacolla los pasos se aligeraban solos, que a menos de una milla se alzaba el monte que llamaban del Gozo, porque desde su cumbre se divisaban ya la ciudad de Compostela y las torres de la catedral y, divisándolas, estallaba en el aire el gozo peregrino. Marchaban cada vez más de prisa, los pasos cada vez más ansiosos; el cansancio se quedaba olvidado, ninguno lo sentía...

¡Allí estaba ya el monte!, salpicado el verde de sus faldas con alegría de flores de verano.

—¡Corre, Endrina, corre, que tú has de llegar la primera a lo alto! —gritaba Henri.

Según decía la antigua tradición de los romeros que iban a Santiago, cuando los peregrinos divisaban el monte, emprendían una veloz carrera para llegar en seguida a la cima, y aquel que la alcanzaba en el primer lugar solía ser coronado, con galardón de flores, rey del peregrinaje.

—¡Corre, corre, Endrina!

Y Endrina corría lo mismo que una liebre; *Juan sin cuitas* iba por delante, parecía un torbellino de lanas, aligerando el viento con el rabo.

—¡Compostela! —gritó Endrina, alzando su pequeña figura jubilosa sobre el monte del Gozo.

En la distancia, por fin, estaba Compostela... Su vista era alegría y alivio de romeros, el final de un áspero camino, un anhelo largamente abrigado que ya estaba al alcance de la mano.

—¡Ay, mi pequeña Endrina, tú eres la más hermosa reina de peregrinos! —exclamó Henri, coronando con flores amarillas el negro de su pelo.

—Calla tu enorme boca, Henri, que nunca fui

hermosa. Además, el rey de este peregrinaje ha de ser *Juan sin cuitas*, pues él llegó el primero a lo alto —rió Endrina, dejando sobre la peluda cabeza de su perrillo el oro florecido de la corona de los peregrinos.

18. COMPOSTELA

En el monte del Gozo, con la mirada puesta en Compostela, los peregrinos elevaron al cielo su emocionado canto de alabanzas:

¡Te Deum laudamus!
Te Dominum confitemur...

Después, Endrina y Henri corrieron cogidos de la mano por la ladera abajo; tras ellos saltaba *Juan sin cuitas*, un canto de romeros los seguía...

Don Guillaume, en silencio, oraba y daba gracias. Muy cerca estaba ya Compostela; no notaba el ardor de sus pies, ni tenía en el cuerpo dolor alguno. Únicamente sentía allí dentro del pecho palpitar su corazón.

Marchando a la ciudad del apóstol todo les

parecía alegre: campos y prados verdes, árboles de ancha sombra, los vuelos de los pájaros... Y por fin ya podía distinguirse la ciudad recortando los tonos oscuros de sus piedras contra un cielo con nubes blanquigrises. Las murallas estaban a la vista. Siete puertas tenían, las siete siempre abiertas... Don Guillaume, con la mirada en alto, nada veía ni oía; nada de las voces que le ofrecían posada, nada de artesanos ni cambistas; tampoco oía el eco de los himnos peregrinos... «¡Compostela!», decía su corazón. «¡Compostela!», le repetían sus pasos; un alegre sonido de campanas le volvió en sus sentidos: era fecha señalada en la ciudad, nutrida procesión salía al encuentro de romeros como era costumbre en los días de fiesta.

Detrás de cruz alzada marchaba el arzobispo, revestido de pontifical y coronado de alba mitra; la mano, enguantada, empuñaba un báculo de marfil ricamente labrado. Su porte y sus pasos eran solemnes, y tenía en los ojos un severo fervor que hacía bajar la vista a aquel a quien miraba. Lo seguían, a medida y prudente distancia, los setenta y dos canónigos del templo del apóstol, con sus capas pluviales bellamente bordadas en oro y seda roja; tras ellos, una doble fila de hábitos: negros los de los monjes de la Orden de Cluny, blancos los de los monjes del Císter. Después, clérigos portando cruces de oro con piedras engarzadas o incensarios de plata; abadesas y freiras, personas de casas principales, jueces, merinos, sayones... y, por último, una gran multitud de gente de menguada importancia que marchaban curiosos, sin orden ni concierto... Y envolviéndolo todo, el canto del latín y un fondo de campanas, desdoblando en el aire sus tañidos de bronce.

El arzobispo de Compostela marchaba lentamente, dejando bendiciones de un peregrino a otro:

—*Benedicite... Benedicite...*

Don Guillaume temblaba: ya estaba muy cercano aquel que podía devolver el reposo a su alma. ¿Querría el arzobispo perdonar su culpa ahora? Allí mismo tenía que confesarla, con la cabeza en tierra, delante de todo el que quisiera oírsela, pues debía postrarse delante del sepulcro del apóstol libre de toda mancha... «¡Oh, Dios, devuélveme tu gracia!», suplicaba desde lo más profundo...

Benedicite...

Tenía al arzobispo delante, su voz le estaba bendiciendo; don Guillaume, la rodilla en el suelo, la mirada todavía más baja, le tendió el rollo de un sellado pergamino... La multitud acalló sus rezos y murmullos presintiendo la emoción de un hecho diferente... El arzobispo, después de leve asombro, se embebió en la lectura. Ni el aire se movía; Endrina y Henri tenían el ánimo achicado y la mirada ansiosa; de pronto, el arzobispo alzó la vista y observó con ojos de indulgencia al anciano romero. Después lo levantó de tierra, y diciéndole amigo lo llamó por su nombre... La multitud repitió aquel nombre admirada:

—¡Duque de Lagiracq*!

La cabeza de Endrina le estaba dando vueltas. «¡Duque de Lagiracq, duque de Lagiracq...! ¡Primo del rey de Francia, sobrino del que fuera duque de Poitiers; primo, por tanto, de la reina Leonor de Aquitania y, por esta misma causa, tío, aunque en segundo grado, de la reina Leonor de Castilla...!» Lo sabía caballero; pero no imaginó lo grande de su casa, lo alto de su nombre... Y Henri, a quien llamaba hijo, ¿sería Henri Bernat únicamente...? Lo miró con ojos de inquietud.

—Y tú, ¿eres quien dices ser? —le preguntó con voz débil.

Henri dudó un momento, y luego negó con la cabeza. Endrina dejó caer la vista.

—Pero aún sigo siendo tu grande oso bermejo.

Endrina le insistía.

—¿Cuál es tu nombre, Henri?

—Mi nombre es ciertamente Henri.

—Y ¿qué añades detrás?

—Conde de Mont Michel...; pero no he sido

yo quien eligió mi cuna, Endrina —murmuró vacilante.

¡Por Santa María que aquel Henri grandote y colorado, cuya imagen de oso bravo y torpe se le metió en el alma sin sentirlo, no era su buen amigo Henri Bernat!

A lo largo de varios *Pater Noster* no pudo pensar en otra cosa; después oyó su voz:

—Endrina, mi pequeño ratón, olvídate del conde y acuérdate del oso.

Sus palabras sonaban tan sinceras y en sus ojos se leía una amistad tan honda, que Endrina se olvidó de condado y nobleza. ¡Allí estaba aquel grande oso bermejo con su mano en la suya! Y era la mano amiga de todos los caminos...

Se hallaban tan dentro de ellos mismos que advirtieron muy tarde que las voces alzadas de las gentes, que antes decían ¡viva! y ¡aleluya!, se tornaban en voces de burla y de insultos... De pronto miraron asombrados lo que les rodeaba y vieron que donde hubo gozo ya sólo había tristeza, y donde estuvo duque volvía a estar anciano peregrino... ¿Qué había acontecido? Apenas podían entenderlo: sucedió que tomando el arzobispo la Sagrada Reliquia, únicamente envuelta entre paños doblados, no vio en ella lo que en sí misma era, un tesoro precioso, sino aquello que parecía ser: un mínimo trozo de madera toscamente pulida. Cuando habló nuevamente, su voz hirió igual que un dardo el pecho del anciano don Guillaume:

—En vuestro salvoconducto se dan noticias precisas y muy claras de una Santa Reliquia custodiada dentro de un relicario hecho en oro puro y orlado con rubíes y perlas. Esto que me entregáis, del mismo modo puede ser astilla del madero del que pendió Jesús que un pedazo de palo de una escoba —exclamó, hablándole en su lengua francesa.

La gente, que no entendía del todo aquello de que hablaban, protestaba alterada, y fueron sus protestas y sus voces airadas las que dieron alerta a Endrina y Henri.

—Nos robaron la joya subiendo al paso del Cebrero; pero ésta es la reliquia verdadera, lo juro por mi peregrinaje —murmuraba el duque de Lagiracq.

—Y ¿de qué modo podría saber yo con certeza absoluta que vos sois duque y no ladrón o asesino que, después de ocultar la joya en seguro lugar, matar a quien de ella era custodio y robarle su salvoconducto, queréis lograr ahora los honores que le eran debidos sin perder la riqueza de rubíes y perlas que tiene el relicario? —preguntó el arzobispo.

—¡Oh, Dios! —suplicó el duque con las fuerzas perdidas.

La voz de Henri se alzó sobre las otras voces; de nuevo era voz de oso perseguido:

—¡Escuchadme, arzobispo: éste que ante vos veis con el ánimo hundido no es ladrón, sino duque, primo y tío de reyes...! ¡Diez veces duque, arzobispo!

La voz de Henri era ya de oso enfurecido.

—Ten calma, Henri —murmuró Endrina.

—Pues ved que ahora además advierto que este peregrino en nada se parece al hombre fuerte y alto que describe el escrito, ni mediana es tampoco su edad, como aquí dice, sino ya entrada en la ancianidad —añadió el arzobispo.

—Tres años fueron los del peregrinaje. Muy intensas las lluvias y las nieves en invierno, muy ardientes los soles que en verano quemaban los cuerpos y las almas. Sobre ello, añadid asperezas de montes y llanuras inmensas sin alivio de sombras; inquietudes constantes de perder la reliquia o ser reconocido; penitencias sin cuento, marchar y no comer, dormir sobre la tierra o sobre el colchón de paja; aparte, luchas contra ladrones, engaños de malos posaderos que, además de dar pan negro y vino aguado, menguaban nuestras bolsas de tal forma que semejaban tener el fondo comido por ratones; y por si fuera poco, la enorme quemazón de cientos de piojos y pulgas que tomaban por casa nuestros cuerpos... ¿Os parecen pequeños los motivos para encorvar espaldas y encanecer cabellos?

—Calla ya, mi buen Henri —suplicaba don Guillaume con palabras tan débiles que apenas tenían fuerza para mover sus labios.

La voz del arzobispo se alzó como la de un juez para dictar sentencia:

—Que pongan a este hombre bajo guarda y custodia de los monjes de San Pedro hasta que se halle alguien que dé fe de su nombre y su linaje.

Dada estaba la orden, ya nada había que hacer. Los pasos se alejaban, la voz seguía bendiciendo; pero cuánta desesperanza dejaba por detrás.

19. BUSCAR AGUJAS ENTRE PAJAS

Durante cinco días se corrieron pregones; sin embargo, no hubo ni una persona, francés o no francés, villano o noble, que pudiera dar fe del nombre de aquel cansado y triste peregrino.

—¡Oh, Endrina! —decía Henri—. ¿Dónde estará el duque de Borgoña, el obispo de Chartres o el conde de L'Aube? ¡Por San Martín, que me está pareciendo que le estuvimos dando puntapiés a una piedra...! Después de habernos ocultado en todos los caminos y ciudades, ¿dónde estarán ahora aquellos de los cuales huíamos...? —Henri volvía a ser un oso encadenado.

Marcharon y marcharon, durante cinco días, por Compostela arriba, por Compostela abajo, sin admirar belleza de pórticos ni claustros, sin dejar siquiera un momento descansar la mirada en la obra magnífica del templo del apóstol, sin oír ni cánticos, ni risas, ni bullicios; sin saber si en el cielo había sol o había nubes... Cinco días buscando entre las gentes, mirando de uno en otro sin hallar alguna persona conocida que pudiera ayudarles.

—¡Oh, Dios! Endrina, ¿en dónde están ahora aquellos condes y duques de las tierras de Francia? —seguía diciendo Henri.

Buscar, buscar, buscar... Fue Endrina la que una mañana vino a cambiar el rumbo de los pasos y las cosas.

—¡Volvamos, Henri! Desandemos caminos y busquemos la joya que perdimos —exclamó de pronto con los ojos brillantes.

—¿Te han tomado las fiebres, Endrina? ¿De qué manera quieres que ahora hallemos la joya? —preguntó Henri, asombrado.

—Volvamos, Henri, partamos ahora mismo. Yo sé que habremos de encontrarla.

—¿Ha huido la razón de tu mente?

—Razona tú y escúchame. ¿De qué modo supieron los falsos peregrinos que existía la joya? ¿Por qué daban de ella tan cumplidas señales? Nadie se la mostró, ninguna cosa hablamos que pudiera alertarles...

—¡Y yo qué sé de ello, Endrina...! ¿Por qué he de hacerme preguntas que no tienen respuesta? Si ahora pienso en aquel Domingo Domínguez y en su mala familia es sólo por estar deseando que los lleve el diablo.

—Sin embargo, yo creo haber hallado respuesta a la pregunta. Escucha, Henri: ¿en qué lugar nos fuimos a encontrar con aquellos grandísimos ladrones?

—En Órbigo, Endrina; pero ¿qué añade eso?

—Piensa despacio, Henri... ¿En qué lugar estuvo la joya a la vista de muchos?

—En aquella mala posada de León...

—En la mala posada y en las manos del juez y los sayones... Y en León había mucha gente. Allí pudieron verla o, en caso diferente, oír hablar de ella. Después, para que en nada fuéramos con recelo, marcharon hasta Órbigo y allí se nos unieron.

Henri estaba envuelto en dudas.

—Puede ser ciertamente del modo que lo dices; pero puede no serlo...

Al fin determinó olvidar sus reparos:

—¡Marchemos a León, que no hay en nuestro cielo ninguna otra estrella!

Nada hubo digno de ser narrado en el camino que los llevó a León. Sino quizá decir que no se detuvieron más que el tiempo preciso para tomar un descanso, que no fue mucho, pues ambos eran jóvenes y fuertes y llevaban un viento de ansiedad e inquietudes empujando sus pasos.

Llegando a esa ciudad, no hallaron ni a Sancho el flaco ni a Diago de Tabladiello; pero sí a un muy grande y buen amigo suyo, quien, oyendo sus cuitas y siendo hombre determinado y amante de aventuras, se aprestó a ayudarles de buen grado y a remover, si era necesario, todas y cada una de las piedras de León hasta hallar a los falsos peregrinos o a quien de ellos pudiera dar noticia.

Marcharon primero a aquella mala posada en la cual las manos codiciosas de pícaros y truhanes disputaron un día resplandores de perlas y rubíes. Pero allí no encontraron a nadie que conociera a aquel que decía llamarse Domingo Domínguez, o al menos que quisiera confesarlo. Al que sí encontraron fue al primer ladrón, el que robó la joya a don Guillaume, que, manco y resentido, ahogaba tristezas abrazado a un pellejo de vino.

Contemplando su mano cortada, Endrina miró la suya entera y no pudo evitar un cierto frío por dentro. Pero de aquel truhán no pudieron lograr una sola palabra, ni una mirada siquiera.

Buscaron luego por plazas, calles, callejas..., y ya desesperaban cuando, de pronto, se les mudó la suerte: estaban procurándose un poco de descanso en una recóndita plazuela y un algo de alivio para el calor del día, junto al frescor de una de aquellas fuentes que llamaban de los Peregrinos, cuando los furiosos ladridos de *Juan sin cuitas* vinieron a alertarlos. El perro se lanzó como una bola de ira contra un grupo de asombrados rapaces que estaban, en armonía y sosiego, enfrascados con un juego de tabas, y tomando a uno de ellos por las ropas no quería soltarlo de manera alguna.

¡Qué extraño parecía que el perro, siempre manso y fiestero, mostrara tal inquina hacia un rapaz que en nada le había molestado! Endrina y Henri corrieron a auxiliarlo, y fueron a encontrarse con un asustado y balbuciente Sanchico Domínguez... Y razones tenía para temer, porque Henri lo tomó por las orejas con tanta fuerza que Endrina temió que llegara a arrancárselas...

—¡Sanchico de todos los diablos, hijo de mala madre! ¿Dónde guardas ahora las risas que tenías en el monte? ¡Muéstrame tu cuchillo, si es que osas! —gritaba Henri, alterados los ánimos a causa del gozo que tenía por haber encontrado a uno de aquellos a quienes tanto buscaban, y a causa también de la ira que sentía por verlo.

El rapaz parecía entre sus manos pájaro aprisionado... Por su boca supieron que ni Sanchico se llamaba, ni los falsos peregrinos eran sus padres o sus hermanos:

—Por familia pasamos por llevar a buen fin el negocio que se nos presentaba —explicaba el mozuelo, balbuciente.

Por él también supieron que fue el falso Domingo Domínguez quien, viendo primero la joya en manos del truhán que la hurtó a don Guillaume, y sabiendo después todo cuanto fue a acontecer, urdió en su mente el modo de obtenerla sin despertar recelos. Por ello les tomaron por delante el camino de Órbigo, donde los esperaron como si no fueran otra cosa que una familia de romeros...

Henri se volvió a Endrina con ojos de asombrada alegría:

—¡Ay, mi pequeño ratoncillo de campo, que

tienes en la mente mucho mayor ingenio que el que deben de tener treinta monjes de Cluny puestos a pensar juntos...! Y tú, felón de piernas cortas, llévanos ahora mismo al lugar donde viven tus falsos padres, y no me des excusas porque, si así lo haces, te han de crecer las orejas por lo menos dos palmos en mucho menos tiempo del que se reza un credo.

En estrecha calleja, y en casa de muy mala portada, hallaron a aquel grandísimo truhán que era Domingo Domínguez o como fuera a llamarse. Teniéndolo delante, Henri se arrojó sobre él igual que un zorro hambriento se arroja sobre capón cebado; y aquella Dulcia Gómez, su mujer, no tuvo otro remedio que sacar, del seguro lugar en el que estaba oculta, la muy preciada joya que todos deseaban. La tal Dulcia, entregándola, daba suelta en sus ojos a lágrimas de rabia, y Endrina, recibiéndola, tenía en los suyos lágrimas de alegría.

Nada queda ya digno de ser contado de cuanto sucedió en León, sino que partieron aquella misma tarde sobre mulas prestadas. Y que en ellas llegaron, sin mayores tropiezos que los naturales de prisas y cansancio, a la ciudad de Compostela, donde, alegres portadores de joya bien descrita en buen salvoconducto, se llegaron, sin mudar siquiera de ropas ni aliviar el calor de sus cuerpos, al palacio del arzobispo.

El arzobispo, viéndolos, dijo tener mucho contento, y ordenó, con voz que quería ser segura pero ocultaba asombros, que al punto fuera llevado a su presencia, con tanto honor y pompa como se merecía, aquel buen anciano que ciertamente era el duque de Lagiracq.

Quebrantado y confundido llegó don Guillaume al palacio que todos en Compostela llamaban de Gelmírez; pero hallando ante él a sus amigos, tuvo muy grande sorpresa y alegría. Después, el arzobispo volvió a llamarle amigo y le pidió, de todo corazón, que fuera a aposentarse en su palacio. Sin embargo, el buen duque respondió, con palabras humildes y sencillas, que como peregrino había llegado a Compostela y que del mismo modo quería vivir mientras allí estuviera. Luego se despidió del arzobispo hasta el día siguiente, en que había de ser recibido de nuevo como hijo de la Iglesia en la catedral de Santiago.

20. EL DUQUE DE LAGIRACQ

¡Qué hermosa se había levantado la mañana de julio! El sol dio rienda suelta hasta al último rayo. El duque de Lagiracq caminaba hacia la catedral de Santiago con el espíritu colmado de emociones distintas. La gente se agolpaba en la rúa que llamaban de los Peregrinos, aquella que, empezando en la Puerta Francígena, llegaba hasta el templo del apóstol. Se oían cantos en muy distintas lenguas, y voces de posaderos, cambistas, artesanos..., todo en un solo lugar.

El causante de tanta alteración era un duque de Francia que iba a pedir perdones postrándose delante del altar de Sant Yago. Era primo de reyes y, sin embargo, parecía únicamente emocionado y pobre peregrino que, buscando ayuda en su bordón, no osaba alzar la mirada del suelo. Vestía hábito remendado y calzaba sandalias gastadas; su sombrero, deformado por lluvias y por soles, mostraba en su ala delantera la vieira* que era símbolo de todo peregrino. A su diestra marchaba un mozo alto y grande de movimientos torpes; a la siniestra caminaba una joven romera de largas y negras trenzas y andar como de pájaro.

—¡Qué extraño es este duque, qué menguado su séquito! —murmuraban las gentes.

Endrina miraba a hurtadillas a don Guillaume, y mirándolo se le vino a la mente aquella canción gallega que, en días ya pasados, alterara sus ánimos:

> *¿Adónde irá aquel* romeiro,
> *meu* romeiro *adónde irá?*
> *Camiño de Compostela,*
> *non sei s'ali chegará.*
> ....

Sintió una punzada de alegría: ¡estaban en Compostela!

Ten longas e brancas barbas,
ollos de dolce mirar,
ollos gazos, leonados,
verdes como auga do mar.

¿Eran verdes los ojos de don Guillaume? Mansos y verdes eran, como aguas de mar en calma.

Dígame, diga seu nome.
Eu chámome don Gaiferos,
Gaiferos de Mormaltán.

¡Gaiferos de Mormaltán! De qué modo comprendía ahora aquellas últimas palabras de fray Roderick de Chester: «Quedad con Dios, mi buen amigo; que el Señor os proteja y os guíe, don Gaiferos...». Él sí que advirtió prontamente que don Guillaume no era quien decía ser, y en cuán alto lugar estaba el hombre que se ocultaba bajo pardo hábito de peregrino... Pero ya llegaban a la catedral. Las campanas tocaban a clamor. Las nueve torres del templo del apóstol parecían mirar las unas por encima de las otras, y las puertas de la catedral estaban dándoles la bienvenida, de par en par abiertas. Penetrando por aquella del norte, que llamaban del Paraíso, Endrina levantó la vista: la figura de Cristo tenía una mano alzada, dando la bendición; con la otra sostenía un libro abierto; los cuatro evangelistas rodeaban su trono, y por encima estaba esculpido el paraíso... Endrina volvió a mirar a don Guillaume; el anciano tenía los ojos fijos en aquella mano del Señor que se alzaba prodigando perdones.

Dentro de la catedral, Endrina se sintió más pequeña que nunca. ¡Por Santa María, qué largas eran las naves!, ¡qué largas y qué altas!, sobre todo la que estaba en el centro... ¡Qué profusión de altares...! ¡Cuántos braseros encendidos, aliviando el ambiente con bálsamos e inciensos...!

Era cosa sabida que la catedral de Sant Yago, igual que iglesia caminera, estaba abierta siempre, de día y de noche, porque solían ser muchos los que hacían vigilia a los pies del altar que cubría la tumba del apóstol...

Allí muchos cantaban, cada cual en su lengua, tocando sus propios instrumentos; algunos oraban o lloraban sus culpas, los unos en silencio, los otros con voces muy alzadas, según fuera su ánimo. Mientras tanto, los niños jugaban entre ellos, no importaba el país del que fueran, que la lengua del juego era la misma en todos los lugares.

¡Qué bullicio solía haber en la catedral de Santiago a cualquier hora!

Pero aquella mañana de finales de julio, la multitud calló de pronto porque un anciano duque con traje de peregrino estaba penetrando en el templo, y el arzobispo, revestido con la solemnidad de los días de fiesta, lo esperaba al pie del altar de Sant Yago.

El arzobispo se aproximó hacia el duque y le tendió la mano; pero el duque se arrodilló ante él y le besó el anillo; acercándose al altar, depositó sobre paños de lino la astilla de la Cruz de Cristo, custodiada en riqueza de joya por oro, rubíes y perlas. En seguida, el duque de Lagiracq, con el rostro en el suelo, confesó su pecado.

Y la voz del arzobispo se elevó perdonando en nombre del Señor:

—*Ego te absolvo a pecatis tuis, in nomine Patris et Filii...*

Con los ojos cerrados, sin oír ni atender a cosa alguna, el duque de Lagiracq hablaba en silencio con su Dios. El coro de canónigos entonaba un himno del apóstol, y después de muy solemne misa, el arzobispo mostró en alto la Sagrada Reliquia para que fuera adorada por el pueblo cristiano e inició el canto de alabanza:

¡Te Deum laudamus!

El pueblo, cantando, oraba unido:

¡Te Dominum confitemur...!

El duque de Lagiracq permanecía postrado y en silencio. El templo retumbaba como en día de tormenta y don Guillaume parecía no oír ni ver nada. ¿Tan lejos estaba su alma de las cosas de la tierra...? El himno ya llegaba a su fin:

¡Sanctus, Sanctus, Sanctus...!

El arzobispo daba la bendición, y don Guillaume no hacía un movimiento... Endrina y Henri se miraron presa de una misma inquietud y corrieron hacia el lugar delantero en el cual estaba el anciano arrodillado: ¡el duque de Lagiracq se había liberado para siempre de toda atadura de este mundo..., de su pecho cansado había huido el espíritu sin apenas sentirlo!

Después, ¡qué tristeza de bronces sonando en todas las campanas de las diez iglesias de Compostela! Las de la catedral de Sant Yago parecían doblar con mayor sentimiento.

Ni en templo arzobispal ni en abadía de monjes tuvo su última morada el cuerpo de aquel que fue a morir con espíritu y humildad de romero; se quedó para siempre en la tierra, bajo una cruz de palo, en el cementerio de peregrinos pobres de la Santísima Trinidad, porque lo quiso así Henri, conde de Mont Michel, hijo más que vasallo, que con él vivió desde que era niño y de él conocía lo más hondo del alma.

Compostela ya no era la misma Compostela, y Henri quería marchar lo más pronto posible.

—Todo parece igual, la catedral, las plazas, los pórticos, las gentes..., y, sin embargo, yo lo siento distinto —repetía, buscando consuelo en los ojos de Endrina.

Un día, despuntando ya agosto, después de oír misa del alba en el templo del apóstol y presentar ofrendas ante su altar, emprendieron de nuevo la andadura. Marchaban con un grupo de peregrinos franceses que iban de regreso a sus tierras. Se hallaban reunidos junto a aquella fuente tan grande y tan hermosa que se alzaba en medio de la plaza del Paraíso. Sus aguas, que manaban de bocas de leones, según decían, curaban los males del cuerpo y del espíritu. Henri bebía para aliviar el suyo entristecido, mientras comerciantes y artesanos se les acercaban ofreciendo a voces sus mercancías:

—¡Pulseras, brazaletes, telas tejidas en las tierras de al-Andalus!

—¡Vieiras de Galicia, señal de todo peregrino!

—¡Sandalias que resisten los más duros senderos!

—¡Botas de vino que al que es malo hacen bueno!

—¡Bolsas de cuero, medallas, miniaturas...!

Eran cosas venidas de todas las Españas, y muchos peregrinos querían adquirirlas para guardarlas luego como recuerdo de su peregrinaje.

Comenzando la marcha, comenzaron los

himnos. Los romeros cantaban despedidas al apóstol, rodeando, en larga procesión, la magna catedral de Compostela; al pasar por el pórtico que algunos daban en llamar de la Gloria y que aquel mismo año había terminado el maestro Mateo, Endrina elevó la mirada. En el tímpano, la figura de Cristo mostraba las llagas de sus manos. ¡Qué grande majestad desprendía la talla! Piedad parecían pedir aquellas manos abiertas, perdón parecían ofrecer aquellos ojos de piedra a todo aquel que en ellos se mirara...

Más abajo, la humilde figura de Sant Yago estaba de camino entre el cielo y la tierra... Después, una orla de evangelistas y profetas.

Endrina admiraba aquellas figuras; eran las más hermosas de cuantas había visto en el largo camino del peregrinaje; sólo las de Sahagún o Frómista podían en algo compararárseles. Parecían tener vida; en sus bocas semejaban estar apuntando las palabras, y los paños de sus ropas simulaban moverse. «Si hubiera vientos de piedra, profetas y evangelistas habrían de sostener sus hábitos por que no se volaran», pensaba. De pronto, advirtió que uno de los profetas tenía iniciada una sonrisa:

—¡Mira, Henri, un profeta sonríe! —exclamó con asombro.

Henri levantó la mirada, y advirtiendo la pétrea sonrisa, sonrió también... Era una cosa extraña ver sonrisas en labios de aquellos que miraban a la tierra desde alturas de santos. Era extraño y hermoso; Henri se sintió de pronto consolado, por eso sonreía.

Con sonrisa profética y sonrisa de Henri comenzó Endrina el camino de vuelta...

Las primeras jornadas fueron tristes y largas; después, el tiempo, que era el mejor remedio para curar heridas abiertas en pechos jóvenes, las fue dulcificando, y el camino empezó a ser amable, pues marchaban sin prisas ni temores y en buena compañía.

Se detuvieron allí donde a la ida no pudieron hacerlo: en Oviedo, para dejar en nombre de don Guillaume una ofrenda sobre el altar de la

Cámara Santa; en Silos, donde en cada uno de los capiteles del claustro había esculpida una figura diferente... Endrina y Henri, sólo por estar juntos, ya marchaban alegres; y así, tranquilos y contentos, se dejaron atrás las tierras verdes de Galicia y las pardas y amarillentas de León y Castilla; pero ya en tierras de Navarra, allí donde debiera tener la alegría doblada porque estaban cerca su casa y su familia, a Endrina el contento se le mudó en tristeza y comenzó a acallar sus cantos y sus risas... Recordaba que aquel grande oso rojo que marchaba a su lado era conde de Mont Michel y no Henri Bernat, y que, paso a paso, se estaba aproximando a sus tierras de Francia. En Francia tendría que aprender la forma de administrar sus feudos, y luego sería armado caballero, y el rey lo sentaría a su lado y le llamaría amigo. ¿Pensaría él entonces en su pequeña Endrina...?

Llegando a los montes de Cisa, Henri únicamente se detuvo dos jornadas en casa de Pedro de Tabladiello y su familia, pues los demás peregrinos franceses, que descansaban en Roncesvalles, querían proseguir camino antes de comenzar octubre.

El día de San Miguel, al romper el alba, reemprendieron la marcha.

Descendiendo laderas cantaban los romeros himnos de peregrinaje. Henri y Endrina, que lo acompañaba un trecho, marchaban rezagados y en silencio.

De pronto, Henri tomó entre las suyas las manos de Endrina:

—¿Te acuerdas de aquel día, en Estella, cuando para obtener dineros tú tocaste la flauta y yo canté aquella canción de Provenza? —preguntó.

Los ojos de arándano maduro de Endrina decían: «Lo recuerdo».

—¡Toca, Endrina! Toca como entonces tocaste —pidió Henri.

Toda el alma de Endrina se sentía en la música; toda el alma de Henri estaba en la canción:

Con la dulzura del tiempo nuevo
se cubren los bosques de hojas y los pájaros
cantan, cada uno...

....

A nuestro amor le ocurre igual
que a la rama del blanco espino
que, temblorosa sobre el árbol,
de noche está, bajo la helada lluvia.
Hasta que al día siguiente el sol se extiende
por las verdes hojas, por la rama...

El tiempo se les quedó parado; el silencio, henchido de palabras, iba y venía desde un alma a otra alma...

Los cantos peregrinos los volvieron al mundo. La mano grande y bermeja de Henri, conde de Mont Michel, oprimió dulcemente la mano pequeña y oscura de Endrina la de Tabladiello:

—Adiós, Endrina, mi pequeño ratoncillo campestre; volveremos a vernos.

A Endrina se le quebró la voz:

—Adiós, Henri...

La figura de Henri se confundió con la de otros peregrinos, y Endrina inició el regreso a su hogar. La tristeza se le salía del alma y estaba en los montes, en los árboles, en el aire... Pero en los montes, en los árboles y en el aire también estaba detenida la luz del alba, y era hermoso. De pronto, pensó en las palabras de Henri: «Volveremos a vernos». ¿Volverían a verse? ¿Quién podría saberlo? El tiempo lo diría; quizá la dulzura del tiempo nuevo, con el sol extendiéndose sobre el espino, por las verdes hojas, por las ramas...

APÉNDICE

EL CAMINO DE SANTIAGO

Según cuenta la tradición, el apóstol Santiago murió decapitado en Jerusalén, y sus discípulos recuperaron el cuerpo y lo llevaron a las tierras en las que había evangelizado. Así llegó en barca hasta Iria Flavia (actual Padrón), donde permaneció en el anonimato, hasta que en el siglo IX el obispo Teodomiro descubrió la tumba tras comprobar, él mismo, los asombrosos fenómenos que se producían en el lugar: resplandores e iluminaciones a modo de lluvia de estrellas. Tras el descubrimiento, allí se trasladó la sede episcopal de Iria y, a su amparo, nació la ciudad de Compostela, cuyo nombre significa «campo de estrellas».

El rey Alfonso II el Casto ordenó construir una iglesia, hoy catedral, sobre el sepulcro del apóstol. Muy pronto, dicha iglesia se convirtió en el principal foco de peregrinación de Occidente, la ruta de peregrinación más importante de la Europa medieval, que llegó a eclipsar a Roma.

Miles de peregrinos, ataviados con sus conchas o vieiras y ayudados de sus bordones, fueron trazando distintas rutas hacia Santiago, pero la más famosa y transitada de todas fue el llamado Camino Francés o Camino de Santiago, por el que llegaban la mayor parte de los viajeros europeos.

Los seguidores de esta senda penetraban en España por Roncesvalles o Somport, dos ramales que, pasando por Pamplona y Jaca respectivamente, confluían en Puente la Reina. Desde allí, el camino los llevaba por Estella, Logroño, Santo Domingo de la Calzada, Burgos, Frómista, Carrión de los Condes, Sahagún, León, Astorga, Ponferrada, Villafranca del Bierzo, O Cebreiro, Puerto Marín y, finalmente, Compostela.

A finales del siglo XI, ya perfectamente definido, el camino constituía una ruta importante, no sólo de carácter religioso, sino también de intercambios culturales y económicos. A su paso, se levantaron puentes, se repararon las viejas calzadas romanas y se edificaron posadas, monasterios, iglesias, abadías y hospitales; y lo que es más importante, numerosos núcleos de población se asentaron en torno a la ruta. Curiosamente, también se llama Camino de Santiago a la Vía Láctea por ser, en el cielo, el trazo estelar que indica su dirección desde Europa.

Las órdenes religiosas (Cluny y Císter) crearon una infraestructura asistencial a lo largo de la ruta, mientras que las órdenes militares (Templarios, Caballeros de Malta y Caballeros de Santiago) se encargaban de garantizar la seguridad de los peregrinos.

Desde el siglo XII al XIV, el Camino de Santiago vivió su época de mayor esplendor. Luego comenzó el declive provocado por las grandes catástrofes como la peste negra y las numerosas guerras en las que se vio envuelta Europa. Dicha decadencia se acrecentó con la llegada del protestantismo y las guerras de religión. Trescientos años estuvieron ocultos los restos del apóstol para evitar que cayeran en manos de los piratas ingleses. Tanto fue así que en el siglo XIX, prácticamente, desaparecieron las peregrinaciones.

El resurgir posterior del Camino de Santiago se debió fundamentalmente al papa León XIII, que expidió una bula confirmando la autenticidad de los restos encontrados del apóstol. Un siglo después, las peregrinaciones volvían a cobrar auge de la mano de la administración, las visitas del papa a Santiago en la década de 1980, el turismo y la declaración de Patrimonio Histórico de la Humanidad.

El Año Santo Compostelano o Año Jacobeo es el más antiguo de los años santos que conmemora la Iglesia católica y tiene lugar siempre que la festividad de Santiago cae en domingo.

GLOSARIO DE TÉRMINOS HISTÓRICOS Y LINGÜÍSTICOS

algara. Incursión en territorio enemigo devastando tierras y robando ganado.

amá. Madre en euskera.

aitá. Padre en euskera.

bordón. Bastón que llevaban los peregrinos.

boyeros. Conductores de bueyes.

briales. Faldón de tela que iba desde la cintura hasta las rodillas.

buscaperdones. Alguien que, por dinero, hacía una peregrinación en lugar de otro. Esto era algo frecuente en la Edad Media.

caballero pardo. Labriego que había ascendido a la categoría de caballero.

Camino de los jacobitas. Forma de llamar en Europa al Camino de Santiago. Jacobitas viene de San Jacobo (el *Saint Jacques* de los peregrinos franceses).

celada. Trampa.

chori. Pájaro en euskera.

ciclatón. Tela de seda y oro.

cogulla. Hábito religioso.

duque de Lagiracq. Personaje ficticio que está inspirado en el duque de Poitiers, padre de Leonor de Aquitania, que murió después de una larga peregrinación; según unos, ya en Compostela; según otros, cuando estaba a punto de llegar. Precisamente, al duque de Poitiers o de Aquitania se refiere la canción de don Gaiferos, por eso don Guillaume se altera cuando la escucha.

Escarbó el gallo y encontró su cuchillo. Dicho de la época recogido en el refranero y que viene a decir que «los que andan averiguando lo que no les importa, suelen descubrir lo que no quisieran».

goizeko itzarra. Estrella de la mañana en euskera.

lenguajeros. Traductores, muy numerosos en Navarra.

maravedises. Moneda de la época.

merindad. Territorio que dependía de un merino («alcalde»), que era el representante del rey o del señor de un lugar.

mesnada. Pequeño ejército.

montjoies. También conocidos como montes de gozo, eran unos pequeños montecillos de piedra que señalaban el camino hacia Compostela.

neska. Muchacha en euskera.

No merecía la pena, que para hacer tal pasta, menguaba la harina. Dicho de la época equivalente al actual «Para ese viaje no se necesitan alforjas».

pechos. Especie de tributos.

perdonanza. Ganar las indulgencias. Los peregrinos que llegan a Santiago ganan las indulgencias plenarias, esto es la remisión de la pena por los pecados cometidos.

pobrero. Portero encargado de recibir a los pobres.

Quien va a Santiago y no a San Salvador, honra a su criado y olvida a su señor. Dicho de la época que se refiere a que Santiago era inferior a Cristo, o sea, al Salvador.

refectorio. Comedor.

rezo de las horas. Los clérigos y monjes hacen sus rezos periódicamente en horas ya fijadas: maitines, laudes, prima, tercia, sexta, nona, vísperas y completas (correspondían a la división romana del día).

romero. En un principio, los romeros eran aquellos que se dirigían a Roma; pero ya en el siglo XII, la palabra se aplicaba a cualquier peregrino.

rúa. Calle.

salterio. Breviario o libro de oraciones de los monjes.

Sant Yago. Denominación de Santiago en la época en que se desarrolla la novela y una muestra clara de la evolución de la lengua (*Sant Yago* > *Santiago*). La denominación *Saint Jacques* es la equivalente francesa. La presente edición ha decidido mantener las mayúsculas en los tratamientos san/santa por cuestiones históricas.

sueldos. Moneda de la época.

sayones. Guardias encargados de practicar detenciones.

teutones. Alemanes.

tocar a tercia. Desde media mañana hasta medio día.

tocar a vísperas. Llamada para la última oración de la tarde.

trasabuelo. Tatarabuelo.

vieira. Concha típica del peregrino.

ÍNDICE

Concha López Narváez. Nacida en Sevilla en 1939, pasó su infancia en un pueblo blanco salpicado de huertas, naranjales, olivos y viñedos. Quizá por eso sea una entusiasta de la vida campestre y de la naturaleza.

Tras estudiar Filosofía y Letras, se licenció en Historia de América y ha dedicado muchos años a la enseñanza y la investigación. En la actualidad es autora de más de cuarenta novelas infantiles y juveniles, además de cuentos cortos publicados en libros de texto y revistas. Según cuenta, la docencia y la creación literaria ocupan un mismo lugar en su corazón.

Candidata al Premio Andersen y finalista en cuatro ocasiones del Premio Nacional de Literatura, Concha López Narváez cuenta con el Premio Lazarillo y forma parte de la lista de honor del IBBY y del Premio CCEI, que ha conseguido en tres ocasiones.

cuatrovientos

A partir de 12 años
Títulos de la colección

El crimen de la Hipotenusa
Emili Teixidor

El silencio del asesino
Concha López Narváez

Intercambio con un inglés
Christine Nöstlinger

La mansión de las mil puertas
Jordi Sierra i Fabra

El misterio de la isla de Tökland
Joan Manuel Gisbert

Filo entra en acción
Christine Nöstlinger

La pesadilla de los monstruos
Carlos Puerto

Leyendas del planeta Thámyris
Joan Manuel Gisbert

El curso en que me enamoré de ti
Blanca Álvarez

El tapiz de Bayeux
Fernando Martínez Laínez

El diario secreto de Adrian Mole
Sue Townsend

Benny y Omar
Eoin Colfer

¿Quién cuenta las estrellas?
Lois Lowry

Endrina y el secreto del peregrino
Concha López Narváez

Los caminos del miedo
Joan Manuel Gisbert

La colina de Edeta
Concha López Narváez

El museo de los sueños
Joan Manuel Gisbert

Me gustan y asustan tus ojos de gata
José María Plaza

Ut y las estrellas
Pilar Molina